CONTE *verlag*

Lilo Beil

DIE REISE DES ENGELS

CONTE *krimi*

Dem Bildhauer Oskar Kneller gewidmet. Er war der Cousin meiner Großmutter und er fiel im Ersten Weltkrieg im Alter von knapp 22 Jahren in Thiepval an der Somme (Juli 1916). Sein Jugendstilengel steht als denkmalgeschütztes Kunstwerk auf dem Friedhof von Kottweiler-Schwanden bei Ramstein/Pfalz. Der Engel hat mich zu diesem Roman inspiriert.

Der Buchumschlag stellt den Engel des Künstlers Oskar Kneller dar.

Keith Kneller gewidmet, meinem »American cousin«
(24. Juli 1948 – 25. Juli 2014).

Alle Personen und die Handlung dieses Romans sind frei erfunden.
Auch das Dorf Schwanweiler ist fiktiv.

Bibliografische Information der Deutschen Nationalbibliothek
Die Deutsche Nationalbibliothek verzeichnet diese Publikation in der Deutschen Nationalbibliografie; detaillierte bibliografische Daten sind im Internet über http://dnb.d-nb.de abrufbar.

ISBN 978-3-95602-054-4

Am Rech 14
66386 St. Ingbert
Tel: (0 68 94) 1 66 41 63
Fax: (0 68 94) 1 66 41 64
E-Mail: info@conte-verlag.de
Verlagsinformationen im Internet unter www.conte-verlag.de

Lektorat: Jessica Philippi
Umschlag und Satz: Markus Dawo
Druck und Bindung: Faber, Mandelbachtal

There is no evil angel but love.

(Es ist kein schlimm'rer Engel als die Liebe)

William Shakespeare
Love's Labour's Lost
(Akt 1/Szene 1)

1. KAPITEL

Das Lächeln des Engels oder: Passion

Der Regen peitschte ihm ins Gesicht. Er schlug den Mantelkragen hoch, kämpfte sich voran. Die Dorfstraße war menschenleer, alle schliefen noch. Mit magischer Kraft zog es ihn zum Ort hinaus, an den Häusern vorbei, die ihm fremd vorkamen.

Sie hatte ihm von alten Gebäuden, von Bauernhöfen aus Buntsandstein erzählt, von Scheunentoren und Ställen, aus denen man das Muhen der Kühe hörte. Von Hunden, die an der Kette lagen und jeden anbellten, der vorbeiging, um die Ruhe der Gehöfte zu stören. Von Menschen, die schon im ersten Morgengrauen unterwegs waren. Von scheppernden Milchkannen und klapperndem Gerät. Von der Geschäftigkeit und vom Fleiß der Dorfbewohner.

Doch hier standen moderne Bungalows, hie und da ein Geschäft. Viele englische Schilder. *Snackbar. Hamburger Grill. Magic Games.*

Eine Windbö wehte ihn fast um.

Karfreitagswetter, würde sie jetzt sagen. Das richtige Wetter für den Tag, an dem sie damals den armen Teufel ans Kreuz genagelt haben. Ein armer Teufel, das war in ihren Augen Jesus, den sie verehrte, obwohl sie nicht mehr an Gott glaubte.

»Den Gottesglauben, den haben sie mir ausgetrieben daheim. Aber den Jesus, den hab' ich mir nie schlecht reden lassen. Nicht in der Alten Welt und nicht in der Neuen.«

»Bei uns deheem.« Sie sprach oft in ihrem Dialekt, je älter sie wurde. »Daheim fahren heute die katholischen Bauern ihren Mist durchs Dorf, um den Protestanten ihren höchsten

Feiertag zu verderben. Die rächen sich dafür an Fronleichnam, wenn sie mit einem breiten Grinsen im Gesicht ihre Mistwagen an der Prozession vorbeikarren. Ich möcht' wissen, ob das immer noch so ist bei uns daheim. Aber vielleicht sind sie ja zur Vernunft gekommen in all den Jahren, seit ich weg bin.«

Er ging an einem modernen kleinen Bungalow vorbei. Aus dem gepflegten Vorgarten stieg der betäubende Duft von Flieder in seine Nase. *A lilac tree. Neelches*. Das war das Wort gewesen, das sie ihm beigebracht hatte für den Strauch, der im Frühjahr in ihrem Garten blühte. Dunkelviolett, in dichten Dolden. In den letzten Jahren waren die Bienen weggeblieben. Bienensterben, hieß es in den Zeitungen.

Der Regen ließ ein wenig nach, er hob den Blick, und da sah er ihn zwischen den beiden Zypressen. Genauso hatte sie ihn beschrieben, den Engel. Im Regenschleier schien es ihm, als schwebe er ihm entgegen. Als wolle er ihn, der hier fremd war, leiten. Er ging unter den Rosskastanienbäumen hindurch, den Kiesweg entlang zum schmiedeeisernen Tor hin. Es quietschte, als er es öffnete. In der Ferne, vom Dorf her, hörte man das Kläffen eines Hundes. Er lenkte seine Schritte immer schneller zu dem monumentalen Grab hin, vorbei an gepflegten, modernen, kalten Gräbern, als könne er etwas Wichtiges verpassen. Warum diese Eile, dachte er. Du hast dir so viele Jahre Zeit gelassen, dein Versprechen einzulösen. Zu viele Jahre.

Er stand vor der Engelsstatue und blickte nach oben. Es war tatsächlich genauso, wie sie gesagt hatte. Der Engel, der auf ihn hinabsah, trug ihre Gesichtszüge. Es war das Gesicht eines sehr jungen Mädchens. Ein fast kindliches Gesicht. Die Augen der Kindfrau aus hellem Marmor ruhten voller Melancholie und frühreifer Weisheit auf dem Fremden, der da unter ihr stand. Er legte eine weiße Lilie, die er unter dem Mantel verborgen hielt, auf dem Sockel der Engelsstatue ab. Es war eine Plastiklilie.

»Sorry, liebe Granny Kate«, murmelte der Fremde.

Dann sprach er zu dem Engel hinauf.

»Für Valentin. Von ihr.«

Der Regen wurde stärker, auch der Wind erhob sich, erfasste ihn mit voller Wucht.

Ein greller Schmerz in seinem Rücken ließ ihn jäh aufschreien, und im Fallen war es ihm, als lächle der Engel ihm zu, als löse er ganz sachte die steinernen Füße vom Sockel, stelle sich auf die Zehenspitzen und schwebe davon.

Komm mit, flüsterte es in seinem Kopf. Komm mit auf die Reise.

Er sah sie, der zuliebe er hierhergekommen war, und mit ihrem Bild vermischte sich der entgeisterte, entsetzte Ausdruck im Gesicht der Person, die ihm bei seiner Ankunft gestern auf der Dorfstraße begegnet war.

Er streckte beide Arme aus, um den davonfliegenden Engel aus Stein zu fassen. Er hörte Schritte, die sich auf dem knirschenden Kies eilig entfernten. Dann erloschen um ihn herum die Lichter.

Das Eisentor am Eingang des Friedhofs fiel krachend ins Schloss.

Der kläffende Hund war nicht zu beruhigen.

Die Welt erwachte.

2. KAPITEL

Trauerarbeit

Anna Gontard kniete auf dem dicken kaukasischen Teppich im Wohnzimmer ihrer vor kurzem verstorbenen Mutter und sortierte Fotoalben, Bücher und Dokumente.

Sie war schon früh aufgestanden. Peitschender Regen, der nicht enden wollte, hatte sie geweckt. Die Äste des weißen Fliederbaums im Vorgarten schlugen im Rhythmus des Windes gegen die Scheiben des Bungalows.

Typisches Karfreitagswetter, hätte ihre Mutter gesagt. Am Karfreitag darf die Sonne nicht scheinen, das passt nicht zur Passionszeit.

Typisch Mama, dachte Anna. Mama mit ihrem strikten Protestantismus, ihrem Stolz auf ihre hugenottische Abstammung, auf den Stammbaum der französischen Familien Catoir und Raquet.

Ihr Blick fiel auf das großformatige Jugendbildnis ihrer Mutter neben der Gründerzeitstanduhr. Eine Schönheit war sie gewesen, mit der leicht gebogenen Nase und dem gewellten dunklen Haar, den großen braunen Augen, die immer ein wenig erschrocken dreinblickten. Ein silbergerahmtes Foto auf dem Schreibsekretär zeigte die Pfarrfrau Karoline Nüsslein, so wie man sie in Erinnerung behalten würde. Eine Frau Anfang achtzig mit erstaunlich schönem, grauem welligem Haar, den Betrachter hellwach anblickend.

Der Tod der im Alter noch dynamischen und vitalen Frau war plötzlich gekommen.

Anna schaute zur Standuhr hinüber, die genau auf Mitternacht zeigte. Es war kurz nach Mitternacht gewesen, als Ida Geib, die Nachbarin und gelegentliche Haushaltshilfe ihrer Mutter, in der Silvesternacht zu Frau Nüsslein hinübergelaufen war, um mit ihr auf das neue Jahrtausend anzustoßen. Silvester 2000.

Die ganze Welt beging mit ausgelassenen Partys und Feiern dieses Ereignis, an das so viele Erwartungen und Hoffnungen geknüpft wurden. Milleniumsbrücken wurden eingeweiht, Milleniumsvorsätze gefasst.

Anna und Friedrich zuhause in Hohenkirch erhoben ihre Sektgläser, prosteten sich zu, wünschten für sich, die abwesende Tochter Lilli und deren Mann Fabrice, für Annas Mutter ein glückliches, gesundes neues Jahr.

Kurz danach schrillte das Telefon, und Ida Geib berichtete mit tränenerstickter, kaum vernehmlicher Stimme, sie habe soeben »die Frau Pfarrer«, wie sie Frau Nüsslein unbeirrt nannte, tot in ihrem Wohnzimmer vorgefunden.

Auf dem Sofa sei sie gelegen, friedlich habe sie ausgesehen, so als ob sie schliefe. Ein schneller Tod, ein sanfter Tod sei es gewesen, das bestätigte auch danach der Hausarzt. Und das gesegnete Alter der Mutter müsse ein Trost sein.

Anna erhob sich, reckte und streckte sich, dehnte die Arme. Sie ging zum Fenster. Der Regen ließ etwas nach. Durch die Wolken hindurch schimmerte etwas Blau. Vielleicht würde es doch noch sonniges Osterwetter geben, wie eigentlich auch prophezeit war. Die Straße war wegen des Feiertags menschenleer.

Die Osterferien würde Anna mit Friedrich hier verbringen, im Haus der Verstorbenen, und sie würde viel Arbeit haben.

Trauerarbeit, ging es durch Annas Kopf. Sie hasste dieses Wort, wie sie auch das Wort Betroffenheit hasste.

Trauerarbeit, das klang nach pflichtschuldiger, von oben verordneter Schufterei. Ein typisch deutscher Gedanke, trauern als Arbeit zu verstehen.

Vor allem Knochenarbeit kommt auf uns zu, überlegte Anna, die schweren Möbel, die wir bewegen müssen. All die Gegenstände, die wir sortieren und entsorgen müssen.

»Entsorgen«, ein weiteres hässliches Wort. All die vielen kleinen und großen Dinge, die von den Eltern im Lauf der Jahre zusammengetragen worden waren. Zeugen eines langen Lebens. Es war Annas schwerste Übung, zu entscheiden, was man aufheben, was man wegwerfen sollte.

Friedrich würde bei der Entsorgung helfen. Wie gut, dass der Hund Belami und das Katerchen Heinz bei Rosa Brehm bleiben konnten. Die war zwar nicht mehr so gut zu Fuß seit einiger Zeit. Sie ließ es sich jedoch nicht nehmen, die Haustiere der Gontards in Obhut zu nehmen, während sie im Bungalow von Annas Mutter in der Westpfalz mit dem Aufräumen und Entrümpeln beschäftigt waren.

Meine letzten Osterferien, dachte Anna. Nächstes Jahr werde ich im sogenannten Vorruhestand sein.

»Nun hast du bald keine junge Frau mehr, sondern eine Pensionärin«, scherzte Anna, und Friedrich konterte charmant und gab ihr einen Kuss: »Eine junge Pensionärin.«

Typisch Friedrich. Er würde im Lauf des Vormittags hier in Schwanweiler ankommen, aus Richtung Metz, wo Lilli seit zwei Jahren wohnte. *Madame Fabrice Tavernier,* wie es in Frankreich immer noch so altmodisch hieß. Die Äste des Fliederbaums müssen wir noch etwas kappen, die zerkratzen das ganze Fenster. Annas Blick ging zur Standuhr zurück, deren Zeiger um Mitternacht stehengeblieben waren. Sie hatten die Uhr noch nicht richten lassen seit dem Tod von Annas Mutter.

Ida Geibs Worte klangen noch in Annas Ohren: »Um 10 Uhr hat die Uhr noch getickt, als ich die Frau Pfarrer zum letzten Mal lebend gesehen hab. Und als ich dann später kurz nach

Mitternacht gekommen bin, war sie stehengeblieben. Wie das Herz Ihrer Mutter.« Und sie hatte sich bekreuzigt.

Anna machte sich seufzend an ihre Arbeit. Auf einem kleinen, mit karierter Folie überzogenen Pappkarton, einer Bastelei aus ihrer Teenagerzeit, klebte ein Zettel, säuberlich beschriftet in der schönen gleichmäßigen Schrift ihrer Mutter. Annas Briefe ans Christkind.

Zwischen Lachen und Weinen las Anna sich fest:

Libes Kriskint bite bringe für die Mama ein Palover unt eine Perlenkete und fir den Papa eine Dabaksfeife mit vil Dabak unt ein Motorrat, unt fir die Rita ein Hegelkörbschen mit vil Wolle unt fir die Anna ein Grifelgasten, ein Gaffladen unt ein Schwesterlein.

Anna wischte sich über die Augen. Vor sich sah sie die Mutter mit ihrem schicken Pullover und der Perlenkette, auch den Pfeife rauchenden Vater, das Dienstmädchen Rita mit ihrem bunten Häkelkörbchen, sich selbst mit dem Griffelkasten, bemalt mit Zwergen und Fliegenpilzen. Auch den geliebten Kaufladen, in dem sie Himbeerbonbons, *Ata* und *Imi*, Früchte aus Marzipan und Lindeskaffee in der blauweiß getupften Packung und runde Bärenmarkenmilch verkaufte.

Das Motorrad wurde dem Herrn Pfarrer jedoch von den himmlischen Heerscharen verweigert, und auch Annas sehnlichster Herzenswunsch nach einem Schwesterchen war nie in Erfüllung gegangen.

Was bin ich heute sentimental, dachte Anna, und sie gab sich einen Ruck. Nein. Meine Tränen sind legitim, warum sich dafür schämen?

Dies war es, was die Engländer *delayed grief* nannten. Verzögerte Trauer. All die Tränen, die Anna beim Begräbnis ihrer Mutter zurückgehalten hatte, waren nun, mehr als ein Vierteljahr später, nicht mehr aufzuhalten. Es war gut so. Anna schloss den Karton mit dem karierten Deckel, öffnete ein Album mit der Aufschrift: *Mein Enkelkind.*

Lilli, das einzige Enkelkind, war oft bei der Oma in der Westpfalz zu Besuch gewesen. Beide verband eine große Liebe. Die »Halma-Oma« nannte Lilli die Großmutter, deren Geduld im Halmaspielen grenzenlos war und die sich auch dann nie ärgerte, wenn Lilli zu mogeln versuchte.

Ein ganzer Stapel von Tagebüchern erweckte Annas Neugier. Im Zeitraum von 1977, dem Todesjahr von Annas Vater, bis 1999 hatte die Pfarrerswitwe akribisch Tagebuch geführt über die Begebenheiten in ihrem Alltag.

Anna hatte diese Manie ihrer Mutter, auch noch das Banalste festzuhalten, oft belächelt, doch nun, beim Lesen einiger der Seiten, erkannte sie plötzlich die Sinnhaftigkeit dieser Aufzeichnungen, die zum Teil im Telegrammstil abgefasst waren. Sie hatten den Witwenjahren ihrer Mutter die Einsamkeit genommen.

18. Juni 1979. Lilli für zwei Wochen zu Besuch. So ein liebes Kind.

12. April 1988. Vormittags: Schornsteinfeger
Nachmittags: Gartenarbeit
Abends: Derrick *im Fernsehen angeschaut.*

Anna merkte nicht, wie die Zeit verging. Sie musste innehalten.

Wie ein Leichenfledderer fühlte sie sich. Sollte sie diese Tagebücher aufbewahren? Wozu?

Sie, die Schwester vom Wunschzettel fürs Christkind, sie hätte ihr vielleicht bei der Entscheidung helfen können. Die imaginäre Schwester flüsterte ihr ins Ohr: aufheben, nicht wegwerfen.

Ein mit Tesaband fest verschnürtes Päckchen lag ganz unten. Einen Moment lang war Anna versucht, eine Schere zu holen und das Band aufzuschneiden. Die erdachte Schwester rüttelte sie am Ärmel und befahl ihr, anständig zu bleiben. So etwas tut man nicht. Das waren vielleicht Liebesbriefe der Mutter.

Ein altes zerbeultes Köfferchen mit Schnappschlössern, das Anna vorher noch nicht wahrgenommen hatte, lag unter dem Stapel mit den vielen Tagebüchern.

Predigten für alle Gelegenheiten. Grabreden stand auf dem Etikett, das auf das modrig riechende braune Köfferchen aufgeklebt war.

Anna erkannte die Schrift ihres Vaters, die sich von der säuberlichen Schrift ihrer Mutter unterschied. Eine krakelige und schwer zu entziffernde Sütterlinschrift.

Die Schlösser schnappten mit einem Klick auf. Anna nahm das zuoberst liegende Heft heraus, das den vielversprechenden Titel *Grabreden für schwierige Fälle. Im Reiche der Gnade* trug.

Ein Eintrag von Annas Vater besagte, diese Broschüre sei »empfohlen vom protestantischen Landeskirchenrat Speyer für zukünftige Pfarrer« und »verwendbar auch noch heute«.

Die Inhaltsangabe listete die »schwierigen Fälle« auf, und Anna hielt den Atem an. Der Sprachgebrauch dieses »Rezeptbuchs für Grabreden« widersprach in vielem dem ganz anderen moralischen Empfinden des Lesers im Jahr 2000. Die Ausdrucksweise verletzte zudem die moderne Political Correctness und musste eigentlich auch schon in den dreißiger Jahren veraltet und überholt geklungen haben, als Annas Vater Theologiestudent und Pfarrvikar war.

Da stand zum Beispiel zu lesen:

Rede am Grabe eines Irren oder: *Grabrede für die Mutter eines unehelichen Kindes* oder: *Rede am Grabe eines Trunkenbolds* oder: *Grabrede für ein blödes Kind.*

Anna las kopfschüttelnd und ungläubig die Titel.

Es waren auch mörderische Fälle aufgelistet. Anna war nicht

umsonst die Frau eines ehemaligen Kripochefs. Ihre Neugier steigerte sich, als sie las: *Abschiedsworte am Sarge eines ermordeten Kaufmanns* oder: *Leichenrede eines zum Selbstmörder gewordenen Jünglings* oder: *Rede am Grabe eines im Duell gefallenen Studenten.*

Die Sittengeschichte eines vergangenen Jahrhunderts entfaltete sich vor Annas Augen in diesen Grabreden, die vor hundert Jahren gehalten worden waren.

Eine Leichenrede empörte Anna besonders. Es war die *Grabrede am Sarge einer Ermordeten.*

Die Grabrede galt einer jungen Frau, die ein »sündhaftes Verhältnis« mit einem Mann gehabt hatte und dieses beenden wollte. Der Mann brachte sie deshalb in rasender Wut um. Die Rede war eine einzige Ermahnung zu einem »tugendhaften Lebenswandel, welcher der Sünde abschwört«.

Anna schnaubte vor Empörung, denn diese Predigt sagte nichts anderes, als dass die Ermordete an ihrem schlimmen Ende selbst schuld gewesen war. *Cherchez la femme,* dachte sie. Immer ist die Frau die Schuldige. Sie blätterte weiter in den vergilbten Seiten.

Die *Leichenrede zum Begräbnis einer Jungfrau* las sie mit Faszination. Die empfohlene Bibelstelle war aus dem Römerbrief 14, Vers 7-8.

Leben wir, so leben wir dem Herrn. Sterben wir, so sterben wir dem Herrn.

Die Grabrede begann folgendermaßen:

Liebe Gemeinde!

Wohlauf, wohlan zum letzten Gang. So heißt es in dieser ernsten, ergreifenden Stunde. Der namenlose Schrecken und das unbeschreibliche Entsetzen, die in den letzten Tagen unsere Herzen erfüllten, müssen heute ihren Platz der tiefsten Trauer räumen.

Groß war ringsherum die Erregung, als die geliebte zwanzigjährige Tochter unserer Gemeinde, Marie G., nicht bloß ganz urplötzlich dem Leben entrissen worden, sondern auch in eine ruchlose Mörderhand gefallen war. Größer noch der Schrecken, als sie rätselhaft verschwand und später in einem Gehölz tot aufgefunden ward und kein Zweifel mehr bestand, dass hier ein schauerliches Verbrechen vorlag.

Unsere Lippen sträuben sich auszusprechen, was hier vorgegangen war, aber unsere Herzen empfinden tief erschüttert das Schreckliche dieser Tat. Ach, aus unser aller Brust will sich ein »Wehe« entringen über den Täter, der in frevelhafter Gottvergessenheit dies teure Leben mit Füßen getreten hat.

In der typisch verschlüsselten, prüden Art der Zeit, aus der diese Totenrede stammte, stand zwischen den Zeilen zu lesen, dass es sich um einen Sexualmord gehandelt und dass das Opfer sich erbittert gewehrt hatte.

Anna schüttelte wiederholt den Kopf, als sie die altertümlichen und an manchen Stellen unerträglich salbungsvollen Formulierungen las.

Der Atem stockte ihr, als sie am Rand die Schrift ihres Vaters erkannte, der mit Bleistift vermerkt hatte:

Ähnlich wie bei dem armen Mädchen Agnes Ziegler? Ermordet 3. März 1949. Ein Tipp für meinen katholischen Amtskollegen?

Anna legte das Buch zur Seite, schloss die Augen. Der Name Agnes Ziegler weckte Erinnerungen an ihre Kindheit.

In Gedanken begab sie sich ein halbes Jahrhundert zurück.

1949. Sie war ein Mädchen von acht Jahren gewesen. In Schwanweiler war Anna geboren, hier war ihr Vater bis 1949 Pfarrer gewesen, dann zog die Familie nach Thalkirchen im Alsenztal. Nach dem Tod ihres Mannes war Annas Mutter nach Schwanweiler zurückgekehrt und bewohnte dort ihren geliebten modernen Bungalow, eine Wohltat nach den »alten kalten Burgen«, wie sie die Pfarrhäuser nannte, die sie während der Amtsjahre ihres Mannes bewohnten.

Der Name Agnes Ziegler war damals erwähnt worden in einer dieser alten kalten Burgen, dem Pfarrhaus von Schwanweiler. Gespräche im Flüsterton, Satzfetzen, doch nicht leise genug für die Ohren eines aufmerksamen, neugierigen Kindes, das alles in sich aufsog. Es ging um Verbotenes, um Dinge, die das kleine Mädchen nicht verstand. Dinge, die zur Welt der Erwachsenen gehörten. Aber eines verstand die Kleine. Es ging um einen Mordfall. Ein sehr junges Mädchen war im Wald tot aufgefunden worden. Erdrosselt. Das Wort »erdrosselt« fand die kleine Anna lustig, denn es klang wie ein Vogelname. Doch was hatte die Drossel mit dem Mord an dem jungen Mädchen zu tun?

Man suchte einen Mann, der dem Mädchen vorher wahrscheinlich »Böses angetan hatte«. Noch so ein komischer Ausdruck. Was war »das Böse vorher«? Das Böse war doch das Erdrosseln, das wohl doch nichts mit dem Singvogel zu tun hatte. Anna stellte Fragen über Fragen und bekam keine Antwort.

»Das verstehst du noch nicht. Dafür bist du noch zu klein.«

Anna erinnerte sich, dass ein Mann festgenommen worden war, dass man ihn aber wieder freigelassen hatte. »Aus Mangel an Beweisen«, das war der dritte komische Ausdruck, der sich ihrem Gedächtnis einprägt hatte.

Anna erinnerte sich nun auch an einen Satz ihres Vaters, den er wiederholt von sich gab in jener Zeit: »Bin ich froh, dass ich das arme Mädchen nicht beerdigen muss. Ich beneide meinen katholischen Amtsbruder nicht um die schwere Aufgabe.«

Die Randbemerkung ihres Vaters in Sütterlinschrift stand wie ein Menetekel vor ihren Augen.

Wenn der Vater seine Predigten vorbereitete und es sich um »schwierige Fälle« handelte, hörte sie seine Schritte über ihrem Kinderzimmer. Er ging auch diesmal im Studierzimmer auf und ab, obwohl er doch die Beerdigung nicht vornehmen musste. Anna konnte keinen Schlaf finden damals und kam am nächsten Morgen übernächtigt in die Schule.

Ach, die alten Geschichten, seufzte Anna. Auch das war Trauerarbeit.

Ich sollte eine Pause machen, dachte sie.

Sie klappte das Rezeptbuch für Grabreden zu und legte es in das abgewetzte Köfferchen zurück, ließ die Verschlüsse zuschnappen. Als sie sich vom Teppich erhob, etwas mühsam vom langen Hinknien, stieß sie aus Versehen ein Schächtelchen um. Bunte Halmasteine fielen heraus. Zufall? Magie des Alltags? Oder gab es doch diese übersinnlichen Dinge zwischen Himmel und Erde, die wir mit dem Verstand nicht begreifen können?

Unsere liebe Halma-Oma schickt einen Gruß, dachte Anna, und sie fühlte wieder diesen merkwürdigen Kloß im Hals.

Schluss jetzt damit, befahl sie sich. Sie las die Halma-Steinchen auf und legte sie in die runde Schachtel zurück. Sie ging festen Schritts in die Küche und machte sich einen starken Kaffee mit viel Milch.

Es regnete nicht mehr. Die Sonne schien grell durch graue Wolken hindurch.

In der Ferne hörte man die Sirenen von Polizeiautos oder Ambulanzen. Wieder mal ein Unfall, dachte Anna. Kein Wunder bei dem starken Regen. Aquaplaning und viel zu schnelles Fahren. Sie schaute auf die Küchenuhr. Nun wird Friedrich auch nicht mehr lange auf sich warten lassen. Bin gespannt, was er von Lilli zu berichten hat. Und nachher gehen wir zusammen auf den Friedhof, Mama besuchen.

3. KAPITEL

Wenn Engel reisen

Friedrich Gontard verließ die A6 aus Richtung Saarbrücken kommend.

Auf seinem Gesicht lag ein Lächeln, als er sich Annas Reaktion auf die schöne Nachricht ausmalte, die er aus Lothringen mitbringen würde.

Lilli wohnte nun schon seit zwei Jahren mit ihrem Mann Fabrice in Courcelles bei Metz. Auf das Hugenottenstädtchen an der Nied war ihre spontane Wahl gefallen, nachdem es beide beruflich nach Lothringen verschlagen hatte. Fabrice arbeitete als Rechtsanwalt in Metz, und Lilli hatte eine Stelle als Lehrerin am Collège Jules Lagneau bekommen.

Die Provinz hatte in Frankreich schon längst ihren Schrecken verloren und vor allem ihr Stellenwert unter den jüngeren Intellektuellen war in den letzten Jahren gewaltig gestiegen. Im Autoradio war wieder Deutsches zu hören. Immer noch die französischen Chansons von Patricia Kaas, Charles Aznavour, Patrick Bruel im Ohr, lauschte Gontard einem kurzen Bericht über den neuen russischen Präsidenten Wladimir Putin, der vor ungefähr einem Monat schon im ersten Wahlgang mit über fünfzig Prozent zum Nachfolger von Boris Jelzin gewählt worden war. Der Wahlanalyse folgte ein Bericht über die CDU-Spendenaffäre, die schon im Januar Altbundeskanzler Kohl dazu bewogen hatte, als Ehrenvorsitzender der Partei zurückzutreten. Besser gesagt, er hatte auf Drängen seiner Partei das Amt niederlegen müssen. Gontard schaltete das Radio aus. Ihm stand nicht der Sinn nach diesem Thema.

Der Scheibenwischer kam nicht zur Ruhe. Bei strömendem Regen war er in Courcelles losgefahren, und unterwegs war der Scheibenwischer ununterbrochen in Bewegung gewesen. Hinter St. Avold goss es wie aus tausend Kübeln. Er musste auf ein *Aire*, einen Rastplatz, fahren, weil er nichts mehr sah.

Wenn Engel reisen, lacht der Himmel, sagt ein Sprichwort. Dem Wetter nach müsste ich ein Teufel sein. Doch plötzlich ließ der Regen nach, und wie schon oft dachte Gontard, dass er diese Gegend um Kusel und Kaiserslautern mochte.

Der Westrich, der als rau und reizlos galt und der von den sonnenverwöhnten Südpfälzern etwas verächtlich als Hinterpfalz abgetan wurde, war ihm mit den Jahren immer mehr ans Herz gewachsen. Die Besuche bei Annas Mutter, Lillis Ferienaufenthalte bei der geliebten Halma-Oma. Dann die Fahrten zu Lilli und Fabrice nach Courcelles, die durch die Westpfalz führten. Er war nun voller Freude, Anna wiederzusehen. Sie brauchte ihn zur Auflösung des Haushalts ihrer Mutter. Es war immer eine traurige Sache, in der Hinterlassenschaft der Eltern zu kramen und auch in der eigenen Vergangenheit.

Die Sonnenstrahlen brachen durch die graue Wolkenwand und ließen das Gelb der Rapsfelder und der Ginsterbüsche am Waldrand und an den Feldrainen aufleuchten.

Die Natur war schon weit voraus an Ostern, das dieses Jahr spät im April lag.

Wie schön sie ist, diese verpönte Hinterpfalz, dachte Gontard. Eine spröde Schönheit, die sich nicht anbiedert wie die liebliche Gegend um die Haardt mit ihren Burgen, Weinbergen und Winzerhöfen. Kein einziges Fachwerkhaus hier wie zum Beispiel an der Weinstraße oder im Elsass. Dafür viele Bauernhäuser aus Buntsandstein aus dem 19. Jahrhundert. Überhaupt, der dunkelrote Sand aus dem Pfälzer Wald. Nostalgie überkam Gontard, denn er sah Lilli, wie sie als kleines

Mädchen in Omas Garten im Sandkasten spielte und mit ihren Plastikförmchen stundenlang Kuchen aus dunkelrotem Sand backte. Der war so ganz anders als der goldgelbe Sand zuhause im Odenwälder Hohenkirch.

Der Turm der Kirche von Schwanweiler, einem neugotischen Gründerjahre-Bauwerk, auch sie aus rotem Sandstein, tauchte hinter einem Rapsfeld auf. Ein Polizeiauto überholte Gontards VW-Bus, dann kam mit lautem Sirenenton noch ein zweites hinterher und eine Ambulanz gleich danach.

Gontard folgte den Fahrzeugen, die Richtung Ortsausgang fuhren, an der alten Mühle vorbei, einem riesigen Gehöft mit teils im Verfall begriffenen Gebäudeteilen. Sie fahren zum Friedhof, wunderte sich Gontard.

Von weitem schon grüßte der steinerne Engel, der heute den seltsamen Eindruck erweckte, als wolle er gerade davonfliegen. Eine Fata Morgana. Die Sonne hatte sich mittlerweile durchgesetzt.

Ein rotweißes Absperrungsband wurde gerade angebracht. Also doch kein Unfall, wie Gontard zuerst vermutet hatte. Kein betrunkener Raser, der gegen die Kirchhofmauer geprallt war. Gontard parkte seinen VW-Bus unter einem der Kastanienbäume und stieg aus.

4. KAPITEL

Der fremde Tote

Ein großer kräftiger Mann, der mit dem Rücken zu Gontard gestanden hatte, fuhr ihn barsch an: »Keine Gaffer hier! Die können wir gar nicht gebrauchen. Das gibt nur Ärger.«

Der Mann hielt inne und rief erstaunt aus: »Chef? Sie hier? Das gibt es doch nicht. Sie sind doch schon lange pensioniert?«

»Manfred Berberich?« Gontards Stimme klang zunächst zögerlich, doch dann rief er: »Natürlich. Das ist Manfred Berberich, mein Lehrling.«

»Ja, Ihr Lehrling von früher. Das ist fünfundzwanzig Jahre her. Oder länger. Ich bin ja auch kein Frischling mehr. Und Chef der Kripo Ludwigshafen. Ich war gerade in Kaiserslautern. Zufall. Wurde vorhin gerufen. War gleich zur Stelle.«

Er redete weiter im Telegrammstil. Gontard kam gar nicht dazu, seine Anwesenheit zu erklären.

»Mordfall auf dem Friedhof. Komisch eigentlich. Die sind doch schon alle tot.« Er unterbrach sich verlegen. »Entschuldigung, Chef. Kein besonders guter Witz.«

»Sie sind jetzt der Chef in Ludwigshafen? Das ist völlig an mir vorbeigegangen. Und Schwerdtfeger? Was ist mit dem?«

»Udo Schwerdtfeger? Der wurde weggelobt, wie es so heißt. Probleme mit den Kollegen. Der ist überall angeeckt und in alle Fettnäpfchen getreten. Macht jetzt Karriere im Osten. Neue Bundesländer, meine ich. Meck' Pomm. Kripo Schwerin.«

Ach ja, dachte Gontard. Udo Schwerdtfeger hatte nicht »hier« gerufen, als die gute Fee das Talent für Menschenführung ausgeteilt hatte. Aber er war kein schlechter Kriminologe gewesen.

»Aber was ist hier genau passiert?«, fragte er.

Er platzte vor Neugier.

»Ein Mann. Erstochen an der Engelsstatue. Keine Papiere. Wir müssen die Leute vom Dorf fragen, wer das sein kann. Hier kennt doch jeder jeden.«

»Das glaube ich nicht. Schwanweiler ist ein großes Dorf. Es ist nicht mehr wie früher. Es gibt viele Zugereiste.«

Manfred Berberich führte den Chef am Kiesweg entlang hoch zur großen Familiengrabstätte mit dem steinernen Engel. Auf dem Weg dorthin schilderte Gontard kurz, weshalb er hier und jetzt in Schwanweiler war.

Der Engel breitete über dem Schauspiel die Arme aus, das nicht gruseliger hätte sein können. Wie eine arrangierte Theaterszene. Wie ein Tableau, dachte Gontard.

Ein Mann lag mit dem Gesicht nach unten über dem mit einer Marmorplatte bedeckten Grab, in der ausgestreckten Hand eine Lilie.

»Eine Plastikblume«, sagte Berberich. Es klang wie ein Vorwurf.

Der Mann war von hinten erstochen worden. Sein Mantel aus dünnem Tuch wies einen tiefen Riss auf. Der Tote lag in einer Blutlache.

»Weit und breit keine Tatwaffe. Auch keine Fußspuren, keine Reifenspuren.«

»Aber es hat doch stark geregnet? Keine Spuren im Matsch?«, fragte Gontard.

»Alles ist mit Kies bedeckt, und die Parkplätze sind befestigt. Knochensteine. Und die Zufahrt zum Friedhof ist betoniert. Schade.«

»Ja, schade«, gab Gontard dem Kripochef Recht. Aber der ewige Romantiker Friedrich Gontard dachte auch, dass es schade um den schönen alten Grasplatz unter den Kastanienbäumen war, wie er ihn noch vor der Modernisierung gekannt hatte.

Auch den Jugendstilengel hatten sie einfach kaputtschlagen wollen. Aber ein engagierter Heimatforscher aus Schwanweiler hatte alle Hebel in Bewegung gesetzt, um das wertvolle Kunstwerk zu erhalten.

Familie Adam und Ernestine Bosch stand auf der Grabplatte in schon leicht verwitterten, in Gold aufgetragenen Lettern.

»Der Sohn, Valentin Bosch, hat den Grabstein geschaffen. Und den Engel. Er war Bildhauer und Steinmetz. Ein vielversprechender junger Mann. Er hat die Münchner Kunstakademie besucht. Mit noch nicht einmal zweiundzwanzig Jahren ist er im Ersten Weltkrieg gefallen.«

Berberich schaute seinen ehemaligen Chef fragend an, der aber fuhr fort: »Meine Frau Anna hat mir das alles erzählt. Sie ist ja hier geboren und hat als Kind einige Jahre hier gelebt. Mein Schwiegervater hat sich 1949 in eine andere Pfarrei versetzen lassen, und nach seinem Tod hat meine Schwiegermutter Schwanweiler als Alterssitz gewählt und ist zurückgekommen.«

»Ach so ist das gewesen. Komisch.« Berberich deutete auf den Grabstein. »Das hat er aber nicht eingemeißelt, Ihr Künstler. Oder war er ein Hellseher?«

Er las laut vor: »*Valentin Bosch, geboren am 12.10.1894, gefallen am 2.7.1916 für Volk und Vaterland in Thiepval, Frankreich. Das walte Gott.* Entschuldigung, schon wieder so ein blöder Witz von mir. Das hat man natürlich später einmeißeln lassen.«

In leicht bitterem Ton fügte er hinzu: »Bestimmt auf das Geheiß der vaterlandsliebenden und gottesfürchtigen Eltern des Toten.«

»Ja, die Familie Bosch, auch das weiß ich von Anna, war frommer als fromm. Bigott. Wenn Sie wissen, was ich meine«, sagte Gontard.

»Natürlich, ist doch klar, Chef. Die waren doch fast alle so drauf früher. Der liebe Gott hat den Krieg gemacht und die Pfarrer haben die Waffen gesegnet. *Der Gott, der Eisen wachsen ließ*«, zitierte er.

»Ja, leider ist es so gewesen«, bestätigte Gontard. »Aber bitte nennen Sie mich nicht immer Chef. Sie sind doch jetzt der Chef.«

»Geht in Ordnung, Chef. Herr Gontard.«

Berberich fuhr sich durch die kurzgeschorenen blonden Haare: »Warum kommt eigentlich der Gerichtsmediziner nicht? Dieser Dr. von Lehmdorff. Lahmdorff sollte er heißen. Ich möchte den Toten mal inspizieren, mal richtig umdrehen. Ihm ins Gesicht schauen.«

»Da warten wir aber ab, bis der Arzt kommt. Wir wollen doch keine Spuren verwischen.«

»Sie haben Recht, Chef ... Herr Gontard.«

Plötzlich erschien ein untersetzter, fülliger Mann um die sechzig und schob die Kripochefs, den ehemaligen und den amtierenden, energisch zur Seite.

Es war Dr. von Lehmdorff, seines Zeichens Pathologe des Ludwigshafener Morddezernats.

»Na, da wollen wir doch die Ungeduld der beiden Herren befriedigen«, polterte er los mit seiner auffallend dunklen Stimme. Der süffisante Ton war nicht zu überhören.

Er drehte den Toten um.

Er mochte um die fünfzig Jahre alt sein. Sein lockiges Haar war vom Regen nass, aber es war auch noch in diesem Zustand eindeutig das Haar eines rothaarigen Mannes. Die Augen waren weit aufgerissen und von einem auffallenden Hellblau. Die Haut war weiß und sommersprossig. Die typische Haut der Rotblonden.

»Er sieht irisch aus«, sagte Gontard. »Wenn das Haar trocken ist, wird es feuerrot aussehen.«

»Der ist noch nicht lange tot«, konstatierte der Gerichtsmediziner. »Wer hat den Toten gefunden?«

»Ach, das habe ich Ihnen ja noch gar nicht gesagt«, erklärte Berberich, an Gontard gewendet, als sei der Gerichtsmediziner nicht anwesend. »Eine ältere Frau hat ihn gefunden. Sie wollte vor dem Kirchgang noch Blumen aufs Grab ihres Mannes legen. Das übernächste Grab. Dabei hat sie den Toten entdeckt. Sie ist ganz kopflos ins Dorf zurückgerannt, hat bei den Nachbarn geklingelt und sie gebeten, bei der Polizei anzurufen, da sei ein Toter auf dem Friedhof. Dann ist sie zusammengebrochen. Sie wird medizinisch betreut und ist vorläufig nicht vernehmungsfähig. Das war gegen 8 Uhr 30, also vor rund anderthalb Stunden.«

»Darf ich nun meine Arbeit machen?«, brummte Dr. von Lehmdorff und machte ein bärbeißiges Gesicht.

Er kniete neben dem Toten und kramte in seinem großen Koffer.

»Gut getroffen. Zielsicher«, murmelte er. »Heftig und mit großer Wucht ausgeführt, der Stoß.«

Berberich zupfte Gontard vorsichtig am Ärmel.

»Lassen wir den Fachmann mal machen. Gehen wir ein bisschen beiseite. Meine Güte, was ist das denn?« Er deutete zur Kirchhofmauer hinüber. Vor dem rotweißen Absperrband war schon eine Menschenmenge versammelt. Man sah gereckte Hälse und vernahm aufgeregtes Stimmengewirr.

»Die Gaffer. Es wird auch immer schlimmer. Die gucken einfach zu viel *Tatort* am Sonntagabend.«

Er rief laut zu einem der Polizisten hinüber: »Schafft mal diese Leute da weg. Die sollen lieber in die Kirche gehen. Es läutet schon seit fünf Minuten.«

Berberich machte aus seinem Herzen keine Mördergrube und keinen Hehl seiner Einstellung der Kirche gegenüber.

»Die sollen für das Seelenheil von dem armen ermordeten Teufel beten. Er tut mir richtig leid. So im Matsch zu liegen. Von hinten ermordet. Wie feige und gemein.«

Bäriges Äußeres, weicher Kern, dachte Gontard. Er hatte Manfred Berberich schon gemocht, als er vor einem Vierteljahrhundert sein Lehrling gewesen war. Er würde nie vergessen, wie er damals bei dem Mordfall an der Nikolauskapelle unterhalb des Pfalzklinikums in Klingenmünster in die Knie gegangen war und ein Gebet gemurmelt hatte, als das geistig behinderte dreizehnjährige Mädchen erwürgt aufgefunden worden war. Ein Sexualverbrechen. Das war 1976 oder 1977 gewesen.

»Ich glaube nicht an Gott«, hatte Berberich gestammelt. »Aber ich bete trotzdem. Ich bete, dass wir den Kerl finden, der das getan hat.«

Der Mörder, ein »unbescholtener Christ und Familienvater« aus Burrweiler, war bald nach der Tat gefasst worden.

»Der, an den ich nicht glauben kann, hat mein Gebet erhört«, hatte Manfred Berberich damals mit einem verlegenen Lächeln gesagt.

Die Kirchenglocken läuteten jetzt unaufhörlich und laut vom Oberdorf her. »Hört ihr nicht das Gebimmel?«, rief Berberich den letzten hartnäckigen Gaffern zu, die nicht weichen wollten. »Geht endlich weg da.«

Zögerlich zerstreute sich die Menge.

Ob er heute wieder heimlich betet, wie damals in Klingenmünster an der Nikolauskapelle, fragte sich Gontard.

Vom Familiengrab der Boschs ertönte die sonore Stimme des Dr. von Lehmdorff. »Ich hab da was gefunden.«

Die beiden Kriminologen eilten den kleinen Anstieg hoch zum Tatort.

»Das hier war im Matsch eingegraben«, brummelte der Gerichtsmediziner.

Er reichte Manfred Berberich ein Stück Papier. Es war die Visitenkarte eines Hotels.

Gasthof zum Engel stand da zu lesen. Restaurant mit Übernachtung.

»Das ist das einzige Lokal am Ort. Das einzige Hotel hier«, erklärte Gontard.

Die Kirchenglocken waren verstummt. Ein leiser Nachklang lag in der frischen Morgenluft. Karfreitagsgottesdienst, dachte Gontard.

Berberich schaute auf die Visitenkarte des Hotels.

»Wollen wir zusammen hingehen?«, fragte Berberich.

Deutlicher hätte er die Aufforderung an den alten »Chef«, sich an den Ermittlungen dieses Mordfalls zu beteiligen, nicht formulieren können.

»Gerne, aber mit Verlaub, ich möchte vorher kurz bei meiner Frau vorbeischauen und sie informieren. Sie wartet bestimmt schon ungeduldig auf mich.«

»Klar, ich muss meinen Leuten sowieso noch einige Anweisungen geben. Wir sehen uns im *Gasthof zum Engel* in ungefähr einer halben Stunde?«

»Glatter Stich ins Herz. Und der Tod ist vor etwa drei Stunden eingetreten. Gegen 7 Uhr. Nicht immer ist die Welt um sieben noch in Ordnung«, sagte Dr. von Lehmdorff.

»Blöder Scherz, sorry«, brummte er.

Noch so einer mit einem weichen Kern in einer rauen Schale, dachte Gontard. Die waren mir ein Leben lang schon lieber als die Dauerlächler mit den eiskalten Herzen. Und vor allem lieber als die Frömmler und die Heuchler.

Er war nicht erstaunt, als er Berberich da stehen sah, wie er nachdenklich auf den Toten herabblickte und dann nach oben zum Engel hin. »Der Engel hat ein Kindergesicht. Und er hat doch eine Frauenfigur? Warum sagt man eigentlich *der* Engel?«

Er drehte sich zu Gontard um, der hinter ihm stand.

»Ich mag Engel. Die haben so was … so was …« Er rang nach dem richtigen Wort.

»So etwas Geheimnisvolles. Mystisches?«

»Ja, so was in die Richtung. Vielleicht komme ich noch auf ein besseres Wort.«

Der Tote wurde im Metallsarg weggetragen.

»Armer Teufel«, sagte Dr. von Lehmdorff noch einmal.

Berberich gab dem Gerichtsmediziner die Hand und sagte: »Danke, dass Sie so schnell gekommen sind, Doktor.«

Gontard konnte sich ein Schmunzeln nicht verkneifen.

Berberich kratzte sich am Kinn und fragte Gontard: »Es könnte Raubmord sein. Kein Ausweis, keine Papiere, kein Geld. Was meinen Sie?«

»Erst mal abwarten, was wir im Hotel bei seinen Sachen finden. Bis gleich im *Engel*.«

Die Kirchenglocken läuteten wieder. Wahrscheinlich das Abendmahl, dachte Gontard. Nicht umsonst war er mit einer »gewesenen Pfarrerstochter« verheiratet, wie Anna sich gerne selbstironisch nannte. Die Kinderstube war unleugbar und prägend gewesen trotz der späteren »Kirchenabstinenz«, auch dies ein Begriff aus Annas Wortschatz.

Als er in sein Auto einstieg, überlegte Gontard, dass die freudige Nachricht für Anna würde warten müssen nach all dem, was hier geschehen war.

Du musst das Leben nicht verstehen …

Die Zeile aus einem Rilke-Gedicht wollte Gontard nicht mehr aus dem Kopf gehen, während er vom Friedhof durchs Dorf fuhr.

Als er am Haus von Annas Mutter angekommen war, dachte er, dass der Flieder unbedingt gekappt werden müsste. Der zerkratzte das schöne große Wohnzimmerfenster.

5. KAPITEL

Gerüchteküche

Anna stand schon an der Haustür. Sie schien ziemlich aufgeregt.

»Ja, wo bleibst du denn, Friedrich? Ich habe mir schon riesige Sorgen gemacht. Stell dir vor, eben hat Ida Geib angerufen: ›Auf dem Friedhof ist eine Leiche gefunden worden.‹ Das hat so komisch geklungen, dass ich zuerst gelacht habe. Aber dann hat Ida Geib gesagt, auf dem Friedhof sei die Leiche eines jungen Mädchens gefunden worden. Ein Sexualmord, und dass es schon einen Verdächtigen gibt, und ...«

»Dorftratsch, typisch Schwanweiler«, unterbrach Gontard seine Frau. »Das mit der Leiche stimmt, aber es ist ein Mann um die fünfzig, kein junges Mädchen, und es ist wahrscheinlich Raubmord.«

Er ging die Stufen hoch und nahm sie in die Arme.

»Aber woher ... ? Ach, ich hätte es mir ja schon denken können. Du warst natürlich schon am Tatort. Auch als Pensionär nichts als Unruhe. Der ewige Polizist. *Déformation professionnelle.*«

»Das sagt die Richtige. Ich könnte wetten, dass du nächstes Jahr, wenn du in Pension bist, immer noch am liebsten die Schreibfehler in den Speisekarten der Lokale rot anstreichen würdest.«

»Übertreib nicht, komm lieber rein, das Essen ist fertig. Ich ziehe schon seit einer halben Stunde die Töpfe und Pfannen auf dem Herd hin und her.«

Der Duft von gebratenem Fisch und Gewürzen stieg Gontard in die Nase.

»Aha. Karfreitagsessen. Wunderbar. Reicht es für drei Personen?«

»Ja, ich denke schon. Wieso?«

»Na ja, es könnte sein, dass ich nachher mit einem Besucher herkomme.«

Annas Begeisterung hielt sich in Grenzen, doch bevor sie eine weitere Frage stellen konnte, erklärte Gontard: »Manfred Berberich, mein ehemaliger Lehrling in Ludwigshafen. Er ist der neue Kripochef, und wir treffen uns jetzt im *Engel.* Da ist wohl der Fremde abgestiegen. Der Tote vom Friedhof. Wir müssen den Wirt befragen. Mehr kann ich jetzt nicht sagen. Sei nicht böse. Nachher erfährst du mehr. Ich denke, wir brauchen weniger als eine Stunde. Bis gleich.«

Annas Versuch, zu protestieren, wehrte Gontard mit einer altbewährten Geste ab. Er nahm sie ganz einfach in die Arme und küsste zärtlich ihr Haar.

»*Die Männer sind alle Verbrecher*«, zitierte Anna.

»Aber heißt es am Schluss vom Lied nicht *aber lieb, aber lieb sind sie doch*?«

Mit verschränkten Armen schnaubte Anna: »Das Lied habe ich mir nie zu Ende angehört.«

Gontard drehte sich schnell noch einmal um und rief: »Ach, Anna, erinnere mich nachher daran, dass ich dir was Wichtiges zu sagen habe.«

Doch sie war schon im Haus verschwunden.

Er fuhr zum *Gasthof zum Engel* in der Ramsteiner Straße.

6. KAPITEL

Gasthof zum Engel

Manfred Berberich stieg gerade aus seinem Wagen, als Gontard auf dem großen Parkplatz für Gäste ankam. Der *Gasthof zum Engel* war ursprünglich ein typisches altes westpfälzer Bauernhaus aus der Mitte des 19. Jahrhunderts gewesen, wie Gontards fachmännisches Auge feststellte. Das einst so schöne Gebäude war regelrecht verhunzt worden durch senfgelbe Klinkersteine entlang der Fassade, abwaschbar und leider unverwüstlich. Eine hässliche moderne Glastür mit Metallstreben und Fenster mit Butzenscheiben, die das alte Haus nie gehabt hatte, unterstrichen das kitschige Ambiente. Im Bemühen, diesem verunstalteten Bauwerk einen eleganten Touch zu verleihen, hatte man den vorderen Teil des Gasthofs mit einer Einzäunung aus weißem Schmiedeeisen in Pseudobarock versehen. Ein altes Parkbräu-Schild nahm sich wohltuend authentisch und nostalgisch aus neben dieser Anhäufung von geballter Geschmacklosigkeit.

Der Wirt, Philipp Lauer, war ein großer schlanker Mann Mitte vierzig. Er zapfte gerade ein Bier, als die beiden Kriminologen eintraten. Verwundert zog er die Brauen hoch, als Berberich seinen Ausweis hochhielt und ihm das zerknitterte, noch regenfeuchte Visitenkärtchen zeigte, das bei dem Toten unter der Engelsstatue gefunden worden war.

Die Gaststube war bis auf drei heftig gestikulierende Stammtischbrüder menschenleer. Am Karfreitag ging man in Schwanweiler offenbar nicht ins Lokal zum Mittagessen, und die Nachricht vom Fund eines Toten hatte die Gaststube wohl auch noch nicht erreicht, was aus dem Inhalt der Gespräche der drei Gäste zu entnehmen war. Sie ereiferten sich über die korrupten Politiker und einer der Männer lobte Altbundeskanzler Kohl für seine Ehrlichkeit und Integrität. Gontard fiel der Spendenskandal ein, und er musste schmunzeln. Gestern noch ein Riesenwirbel, heute schon vergessen. Die Männer wandten sich einem anderen Thema zu, dem Euro, der bald eingeführt werden sollte. Doch sie waren nicht ganz bei der Sache. Immer wieder lugten sie zu den beiden Männern hin, die mit dem Wirt sprachen.

Berberich erklärte dem tatsächlich nichtsahnenden Gastwirt den Grund seines Hierseins und fragte, ob er denn keinen Hotelgast vermisse.

»Da war nur ein einziger Gast über Nacht, ein Amerikaner, und der ist ganz spät mit einem Taxi angekommen. Er wollte gleich ins Bett. Hat müde gewirkt und gesagt, er möchte nicht geweckt werden. Der war überhaupt komisch.«

»Ein Amerikaner? Ach. Und wieso war er komisch?«

»Na ja, der war ja eigentlich freundlich und nett, aber er hat ganz komisch geredet.«

»Ich nehme an, er hat Englisch gesprochen«, sagte Berberich leicht amüsiert.

»Nein. Das ist es ja gerade. Er hat deutsch gesprochen. Aber ein ganz komisches Deutsch. Ein ganz altmodisches. Wie … wie meine Großeltern.«

»Sie meinen, er hat altmodische Wörter benutzt?«, schaltete sich Gontard ein.

»Genau das. Altmodische Wörter, die hier früher benutzt worden sind. Zum Beispiel hat er ›e Kummsche mit Tee‹ verlangt. ›Kummsche‹, so hat meine Großmutter immer für ›Tasse‹ gesagt.«

»Ach, dann hat er also Pfälzisch gesprochen. Deutschamerikaner?«

»Ja, er hat geredet wie die Hiesigen. Nur halt wie die alten Leute, die ganz Alten, meine ich. Und vermischt mit Englisch.«

Er kratzte sich am Kopf und meinte: »Da ist die Gästeliste. Ich hab ja zuerst gemeint, dass er aus Irland kommt mit seinen ritzeroten Haaren, aber er gab an: USA. Was ist mit ihm?«

Berberich schilderte kurz, was vorgefallen war.

Die Stammtischbrüder spitzten die Ohren und flüsterten aufgeregt untereinander. Sie hatten es auf einmal ganz eilig mit dem Bezahlen. Die Frage des Kripochefs, ob sie eine Auskunft geben könnten über den Fremden, der im Gasthof abgestiegen war, verneinten sie heftig. Nein, es war ihnen nichts Verdächtiges aufgefallen, dem Gast waren sie nicht begegnet, weder am Vorabend noch heute am frühen Morgen. Sie verließen geschlossen das Lokal. Einer schlug vor, noch einen kurzen Abstecher zum Friedhof zu machen, bevor sie zum Mittagessen zu ihren Ehefrauen heimgingen. Eine Sensationsmeldung würde vielleicht einen Ehekrach verhindern.

»Aber das kann doch nicht sein«, stammelte Philipp Lauer, der Wirt. »Den hätte ich doch bemerken müssen, ich bin doch auch so früh auf.«

Die Bedienung, eine junge hübsche Frau mit sehr kurzen blondgefärbten Haaren und baumelnden Kreolen-Ohrringen, kam aus der Küche.

Auch sie hatte gestern bei seiner Ankunft nichts Auffälliges bemerkt an dem Fremden, der höflich und sehr ruhig wirkte, wenn auch hundemüde.

In der Gästeliste hatte sich ein Samuel Tyler eingeschrieben. Aus Pennsylvania/USA. Ankunft: Donnerstag, den 20. April 2000.

Das Abreisedatum war mit einem Fragezeichen versehen. Er hatte in seinem komischen amerikanischen Pfälzisch gesagt: »Wees noch net.«

»Können wir das Zimmer Ihres ... des Toten sehen?«

Jetzt erst schien der Gastwirt realisiert zu haben, was eigentlich geschehen war.

»Schaurig. Der arme Mann«, sagte er. Mehr kam nicht über seine Lippen, während er die beiden Kriminologen zum zweiten Stockwerk hochführte.

Die Tür von Zimmer 12 war verschlossen.

»Natürlich, unten hing der Schlüssel nicht am Brett«, sagte Philipp Lauer. »Er muss ihn mitgenommen haben, als er so früh weggeschlichen ist.«

»Aber da war kein Schlüssel bei dem Toten, oder?«

Gontard schaute Berberich fragend an.

»Also doch eher ein Raubmord? Der Täter hat den Schlüssel mitgenommen sowie die Geldbörse und die Papiere.«

Der Wirt hatte unterdessen mit einem Zweitschlüssel die Tür geöffnet und trat mit den beiden Ermittlern ein.

»Wir brauchen Sie vorläufig nicht mehr, Herr Lauer! Wir schauen uns um. Sorgen Sie dafür, dass wir nicht gestört werden.«

Etwas zögerlich verließ der Gastwirt das Zimmer. Seine Neugier war nun doch erwacht, nachdem er den Schock überwunden hatte.

»Gestatten Sie, Chef?« Berberich nahm ein längliches Etui aus seiner Jackentasche. Es enthielt Zigarillos.

»Gestatten Sie ebenfalls, Chef?«, konterte Gontard und legte sein Zigarillo-Etui auf den kleinen Tisch, der vor dem Hotelbett stand.

»Haben Sie deshalb den Wirt rausgeschickt?«

Berberich antwortete mit einem Lächeln. »Ja, vielleicht. Es ist ja heute immer mehr gegen die *Political Correctness*, zu rauchen. Eine wahre Hexenjagd machen die ja seit Jahren auf uns Raucher. Und es wird immer schlimmer.«

»Ja. Und die Alkoholraser kommen glimpflich davon, auch wenn sie Menschenleben auf dem Gewissen haben.«

»Heuchlerisch, ja, so ist es.«

Berberich öffnete das Fenster. Frische Frühlingsluft nach dem langen Regen strömte ins Zimmer.

»Dann verstoßen wir halt mal gemeinsam gegen den Zeitgeist«, sagte Gontard.

Doch beim Anzünden seines Zigarillos hielt er plötzlich inne: »Das mit dem Rauchen verkneifen wir uns doch mal lieber. Schon der Pietät wegen.«

»Wo Sie Recht haben, haben Sie Recht«, stimmte Berberich seinem alten Chef zu.

Er reichte Friedrich Gontard ein Paar Handschuhe und zog sich selbst welche über.

»Ein umsichtiger Kripochef hat so was immer bei sich. Sogar für seinen Assistenten«, lachte er. »Die Spusi wird es uns danken. Und nun ans Werk.«

»Das war ein ganz Ordentlicher, unser Amerikaner«, bemerkte Berberich und zeigte auf die säuberlich in einer Reihe aufgestellten Toilettenartikel auf der Glasablage überm Waschbecken und die Kleidungsstücke, die im Schrank aufgehängt waren.

»Und das trotz Müdigkeit.«

»Das ist die deutsche Abstammung. Deutsche Gründlichkeit.«

Der Koffer war im Schrank abgestellt worden. Das Schild am Koffergriff gab Auskunft über die Adresse des Besitzers, die Fluglinie und die Reiseroute.

Philadelphia-Frankfort. American Airlines
Samuel Tyler
Primrose Farm 10
East Cherry Township, Pennsylvania

Berberich wollte den Koffer öffnen, als Gontard rief. »Dort drüben am Spiegel liegt eine Brieftasche.«

Berberich stellte den Koffer auf dem Bett ab und ging zu Gontard hinüber.

Die Brieftasche aus dunkelrotem Leder war unter einem kleinen Handtuch halb verborgen gewesen. Sie enthielt deutsches Geld in Scheinen. 2000 DM, sorgfältig gebündelt.

»Oje, ob wir uns an den Euro gewöhnen?«, fragte Berberich etwas unmotiviert.

»Man gewöhnt sich an alles, glauben Sie mir. In meinem langen Leben habe ich mich an alles Mögliche gewöhnen müssen.«

Berberich pfiff durch die Zähne und hielt einen Pass hoch.

»Den hat er nicht bei sich gehabt. Den kann der Täter nicht mitgenommen haben.«

Der Pass mit dem Aufdruck *We The People* und dem Kopf mit dem Weißen Adler gab den Familiennamen Tyler an, die beiden Vornamen Samuel John, das Geburtsdatum.

26 Aug 1951

Nationalität: United States of America

Bundesstaat: Pennsylvania/ U.S.A.

Das Foto zeigte das freundliche, recht hübsche Gesicht eines jüngeren Samuel Tyler. Die auffallend hellen blauen Augen blickten offen in die Kamera.

»Der sieht ja wirklich irisch aus«, sagte Berberich.

Er kramte weiter in der Brieftasche und legte zwei Scheckkarten und einen Mitgliedsausweis auf den kleinen Tisch. Es war der Mitgliedsausweis eines Country Clubs namens *Edelweiß.*

Und da steckten zwei Fotos in einer Plastikhülle. Das eine zeigte eine Frau um die siebzig zusammen mit einem jungen Mann mit roter Mähne. Auf der Rückseite war zu lesen:

Granny Kate and I, Philadelphia Pleasure Park 1972. Das zweite Foto zeigte ein Paar, das an einem Geländer stand, von Gischt umsprüht: eine hübsche junge Frau, geschminkt wie Marilyn Monroe, in einem weißrotgepunkteten Kleid im Stil der fünfziger Jahre. Das Kleid zeigte am Bauch eine deutliche Wölbung. Auf der Rückseite des Fotos stand: *Mum and Dad. Niagara Falls. Spring 1951.* Und in kleiner Schrift war noch zu lesen. *Pretty Polka-Dot-Mum.*

Der Mann hatte auffallend rotes Haar, er war hager und wirkte ernst, fast grimmig, doch er hielt den Arm liebevoll um die Taille der Frau geschlungen. Die Hände des Paares berührten sich.

»Die Eltern des Toten«, sagte Gontard leise, seltsam berührt von dem Foto. »Die junge Frau ist offenbar schwanger mit Samuel. Er ist am 26. August 1951 geboren, und die Mutter war anscheinend im 5. oder 6. Monat.«

»Und der Mann ist unverkennbar der Vater des Toten. Ob er Ire war?«

»Und das hier ist die Großmutter. Kate ...«

Gontard deutete auf das erste der beiden Fotos. Großmutter und Enkel sahen glücklich aus.

Innig, diese Beiden. Wie altmodisch, dieses Wort, innig. Der Fremde hätte das Wort vielleicht verstanden. Ob er das »altmodische Deutsch«, von dem der Wirt gesprochen hatte, von seiner Großmutter gelernt hatte? Von Granny Kate? War sie Deutsche? Pfälzerin?

»Da müssen wir Amerika einschalten. Die Kollegen aus Pennsylvania«, sagte Berberich. »Und das alles über die Feiertage. Wird sich verzögern.«

Er schien laut zu denken.

»Und nun der Koffer? Ist wahrscheinlich leer, die Klamotten liegen oder hängen ja im Schrank.«

Der Koffer war nicht leer. Ein Bündel von Dokumenten, mit einem pinkfarbenen Samtband verschnürt, steckte im vorderen Kofferfach, das mit einem Reißverschluss versehen war.

Berberich löste das Samtband und rief erstaunt aus: »Meine Güte, was ist das denn?«

Vor den beiden Kriminologen breiteten sich Postkarten aus, alt und vergilbt.

»Das war ein Sammler, der hat Postkarten gesammelt. Das ist in Mode seit längerer Zeit«, erklärte Gontard. »Ich selbst sammle auch alte Frankfurter Postkarten. Aus Nostalgie.«

Er besah sich die Karten genauer. »Ach, das sind deutsche Postkarten. Und alle aus dem Ersten Weltkrieg, Feldpost.«

Er fuhr fort: »Aus dem *Great War*, wie die Engländer und Amerikaner sagen. Aber groß war an dem Krieg höchstens die ›Dicke Bertha‹, das größte Geschütz in Kaiser Wilhelms glorreicher Armee. Und 20 Millionen Tote!«

Die zumeist bunten Karten, nachkolorierte Fotos, zeigten Soldaten in Pickelhauben und in langen Soldatenmänteln mit umgehängten Gewehren, beim beschaulichen Öffnen von Päckchen oder Lesen von Briefen. Die Aufschrift: *Vorposten am Weihnachtsabend. Den Beschützern deutscher Ehre ein gesegnetes Fest.* Im Hintergrund der Weihnachtsidylle sah man ein Feuergefecht. Rauch stieg aus den verbrannten Ruinen eines Dorfes hoch.

Eine andere Postkarte zeigte eine junge Frau, elegant im langen Kleid mit wallenden Lockenhaaren, auf einer Gartenbank. Jenseits einer kleinen Mauer steht ein Soldat in Uniform, das Gewehr geschultert, abmarschbereit. Die beiden sehen sich schmachtend an. Darunter der Text: *Mein süßes Täubchen, ade.*

Ein Schwarzweißfoto zeigte Kaiser Wilhelm II, martialisch dreinblickend, mit gezwirbeltem Es-ist-erreicht-Schnurrbart, die Brust mit Orden geschmückt.

Darunter der Spruch: *Ich kenne keine Parteien mehr, ich kenne nur noch Deutsche.*

»Oje!«, entfuhr es Gontard. »Diesen kühnen Ausspruch hat man nach dem Krieg aber wieder gründlich vergessen.«

Er drehte die Feldpostkarte um.

»Nein, ich glaub es nicht«, rief er aus. »Ich glaub es nicht. Der Name. Das ist doch der Name vom Grabstein. Vom Grab mit dem Engel.«

Er zeigte Berberich die Unterschrift. Der verstand zunächst nicht, doch dann las er laut: »Valentin Bosch. Tatsächlich. Das ist der Name vom Engelsgrab. Und hier, schauen Sie mal selbst, Chef. Das geht an ein Fräulein Mack. Katharina Mack. Hier in Schwanweiler.«

Berberich wühlte in den Karten, schaute auf die Adresse, die Unterschrift. »Das sind alles Karten von Valentin Bosch an Katharina Mack, wie es aussieht.«

Gontard setzte sich aufs Bett und sagte: »Lesen wir das zusammen. Aber Anna wird mir die Knochen verfluchen, wir sind nun schon fast eine Stunde hier. Sie wartet mit dem Essen. Kommen Sie mit, wir lesen die Feldpost in Ruhe bei uns daheim. Nach dem Essen.«

»Nach dem Essen, eine gute Idee, Chef. Mein Magen knurrt seit Stunden. Aber Ihre Frau …?«

»Ist vorbereitet. Ich hab schon angedeutet, dass ein Gast mitkommt.«

Berberich sammelte die Feldpostkarten ein, schlang das pinkfarbene Samtband darum und steckte das Päckchen in seine Jackentasche.

Er schloss die Tür ab. Dem Wirt sagte er, dass er in Kürze Polizisten herschicken würde, um das Zimmer versiegeln zu lassen. Im Übrigen wünsche er sich Diskretion, auch eventuell auftauchenden Presseleuten gegenüber. Und den

Dorfbewohnern gegenüber sowieso. Der Wirt schien noch etwas auf dem Herzen zu haben: »Mir sind noch zwei Dinge eingefallen, die vielleicht für Sie wichtig sein könnten.«

»O ja, und die wären?«

»Also, der Fremde hat gesagt, dass er hier jemanden besuchen wollte.«

»Hat er einen Namen genannt?«

»Nein. Er hat nur gemeint, er wisse noch nicht genau, wie lange er bleiben würde. Er müsse wen besuchen in Schwanweiler.«

»Und die zweite Sache?«

»Also ... Als er sein Essen bezahlt hat, ist mir aufgefallen, dass er einen Krokogeldbeutel hatte, wahrscheinlich Kunstleder, aber egal. Und er hat zuerst aus Versehen mit einem Dollarschein bezahlt und dann mit einem Hundertmarkschein. Ein ganzes Bündel von Scheinen ist aus dem Krokogeldbeutel hervorgequollen.«

»Das ist eine interessante Beobachtung, lieber Herr Lauer. Danke.«

Ein flüchtiges Lächeln huschte über das Gesicht des Wirts, der bisher keine Miene verzogen hatte.

»Der Täter muss den Krokogeldbeutel haben und auch den Hotelschlüssel. Sieht mir doch ganz nach Raubmord aus, Chef, oder?«, sagte Berberich beim Verlassen des *Gasthofs zum Engel.*

Gontard schien die Bemerkung nicht gehört zu haben, denn er reagierte nicht. Sie fuhren zum Haus, wo eine sichtlich genervte Anna sich große Mühe gab, gute Miene zum bösen Spiel zu machen. Es war fast 14 Uhr.

7. KAPITEL

Feldpost

»Danke, Frau Gontard. Das war ein exquisites Karfreitagsessen«, sagte Berberich und faltete seine Serviette zusammen.

Anna verkniff sich die Bemerkung, dass das Essen noch exquisiter gewesen wäre, wenn man früher hätte essen können. Es war nicht ihre Schuld, wenn alles leicht verkocht gewesen war. Die beiden Männer boten sich zum Abräumen und Abwaschen des Geschirrs an. Das Eingeständnis von schlechtem Gewissen?

»Und nun an die Feldpost«, sagte Berberich nach getaner Arbeit und rieb sich die Hände voller Tatendrang.

»Welche Feldpost?«, wollte Anna wissen.

»Unter den Habseligkeiten des Toten befand sich Feldpost von Valentin Bosch aus dem Ersten Weltkrieg«, erklärte Gontard.

Anna glaubte, sich verhört zu haben.

»Du meinst wirklich unseren Schwanweilerer Bildhauer Valentin Bosch? Der das Familiengrab gestaltet hat und den Jugendstilengel? Der hat mich ja schon als Kind magisch angezogen. Ich habe mir immer vorgestellt, dass er ein Geheimnis hütet, der Engel. Und nun ist es wohl tatsächlich so. Doch wie kommt die Feldpost zu dem Toten?«

»Wenn wir das wüssten, wären wir schon ein Stück weiter«, seufzte Berberich.

»An wen genau war die Feldpost denn adressiert?«, fragte Anna.

»Wir haben die Karten ja erst überflogen. Ich meine, ich habe den Namen Katharina gelesen. Und den Ort Schwanweiler.«

»Jetzt wird es aber immer spannender«, drängte Anna. »Immerhin ist dies hier mein Geburtsort, ich war als Kind hier und hatte später wieder mit dem Dorf zu tun durch Mama. Und …«, sie zögerte, »vielleicht kann ich euch ja mit der einen oder anderen Information helfen. Wenn ich auch nicht alle kenne, die hier wohnen und gewohnt haben.«

»Gerne, Frau Gontard, natürlich. Alles, was der Wahrheitsfindung dient in unserem Beruf, ist zulässig. Fast alles.«

Der große schwere Gründerjahre-Tisch mit den gedrechselten Beinen, mitten im Wohnzimmer, war bald von Postkarten übersät. Die drei Personen, die um den Wohnzimmertisch saßen, wurden nach und nach Zeugen eines Soldatenschicksals aus dem Ersten Weltkrieg. Eines Künstlerschicksals und einer großen unglücklichen Liebesgeschichte.

Berberich, der die alte Sütterlinschrift nur mit großer Mühe entziffern konnte, überließ Gontard das laute Vorlesen der Feldpostkarten.

Gontard nahm eine sepiafarbene Postkarte, die ein französisches Dorf mit Kirchturm darstellte.

Frankreich, Fontaine-par-Chérisy, den 9. Februar 1916

Mein gutes, innigst geliebtes Herz, liebe Katharina. Es geht mir noch gut. Tage kommen und gehen gleich dem Menschen. Denke oft an daheim.

In ewiger Treue dein Valentin

Am 8. März 1916 schrieb Valentin Bosch:

Geliebtes Herz, liebe Katharina,

Halten uns noch immer in den Erdhöhlen auf, mit der Zeit gewöhnt man sich daran. Mir geht es noch gut.

Ich denke oft an unseren kleinen Engel.

Innigste Grüße Dein Valentin

»Die Karten sind alle mit Bleistift geschrieben«, stellte Anna fest.

»Bleistifte haben damals zur Grundausrüstung der Soldaten gehört«, erklärte Gontard.

Alle Karten waren mit dem Stempel der 10. Bayrischen Infanteriedivision versehen und trugen den Vermerk *Absender: Gefreiter Valentin Bosch.*

»Bayrisch?« Berberich verstand nicht.

Anna, die Pfälzerin, half ihm auf die Sprünge: »Na ja, Bayern und die Pfalz haben damals noch zusammengehört.«

Gontard nahm die nächste Karte, ebenfalls eine Ansichtskarte eines französischen Dörfchens. Es sah verlassen und elend aus. An der Wegbiegung stand eine Statue mit dem gekreuzigten Christus.

»Gruselig«, flüsterte Anna.

Die Karte war vom 8. November 1915

Liebste,

Hier im Lazarett werden mir die Tage lang und man hat wieder lauter fremde Leute um sich. Da wisst Ihr, es werden sich allerlei Gedanken gemacht. Kann bald wieder hinaus ins Kampfgeschehen.

Ach, dachte Gontard, das alles erinnert mich an meine eigene Soldatenzeit dreißig Jahre später. Was hat man da nicht alles schreiben wollen, aber es gab die Zensur, und das Wichtigste, das Schrecklichste hat man sich verkniffen. Das gleiche unaussprechliche Grauen, das sich zwischen belanglosen, banalen Mitteilungen verbarg damals in seiner eigenen Feldpost aus dem Zweiten Weltkrieg. Wie hätte man denen daheim die Todesangst beschreiben können und das, was man sah Tag für Tag? Zerfetzte Leiber und nichts als Horror. Anna und Berberich, die beiden Glücklichen, die nie einen Krieg erleben mussten, waren erschüttert, als Gontard den nächsten Kartengruß las:

Thiepval, 18. Juni 1916

Liebste Katharina, einziges Herz,

Der schreckliche Krieg nimmt kein Ende. Wie gerne würde ich bei dir und den Eltern sein. Im Dorf bei der Heuernte helfen. Meine Bildnisse schaffen vor allen Dingen. Wir müssen jedoch alles unserem lieben Gott überlassen, er muss uns den Frieden und uns gesund in die Heimat bringen.

In ewiger Liebe

Dein getreuer Valentin

»Das fromme Elternhaus lässt sich nicht verleugnen«, bemerkte Berberich leicht ironisch. »Die waren doch so überfromm, die Boschs, oder? Nach alledem, was er erlebt hat, immer noch die Rede vom lieben Gott. Wie naiv war der Mann eigentlich?«

»Das war der Zeitgeist. Gott und Vaterland. Und sogar die Künstler, von denen man es am wenigsten erwartet hätte, die gingen doch freiwillig und voller Patriotismus in den Krieg, der gottgewollt war«, sagte Gontard.

Anna, die Kunstlehrerin, stimmte ihrem Mann zu: »Otto Dix, Franz Marc und Max Slevogt sogar, den ich so verehre. Der ist schon im Oktober 1914 begeistert an die Westfront gereist, im Koffer seine Malutensilien. Als Kriegsmaler wollte er ein glorreiches Kampfgeschehen dokumentieren. Naiv und den Kopf voller romantischer Flausen. Die Helden der Antike hat er erwartet und dann die moderne Kriegsmaschinerie kennen gelernt. Dann ist er schon im November total entsetzt nach Leinsweiler zu seiner Familie auf sein friedliches Gut Neukastell heimgekehrt. Und ist Pazifist geworden. Entschuldigung, wenn ich doziere, Herr Berberich. Ich nehme das gerade in meinem Kunst-LK durch: Künstler und der Erste Weltkrieg. All die kriegsbegeisterten Künstler, Musiker, Literaten auf beiden Seiten. Eine endlose Liste. Man ist fassungslos, und die Jugendlichen in meinem Kurs lässt es auch nicht kalt. Bei aller Coolness, die heute angesagt ist bei Teenagern.«

Gontard fuhr fort in seiner Rolle als Vorleser:

17. Juni 1916

Geliebtes Herz. Einzige Katharina,

Unser Leben richtet sich noch fortwährend nach des Dienstes so ziemlich gleichgestellter Uhr. Sind noch in Ruhe. Sehne mich nach daheim und nach unserer Verbindung. Die Eltern werden zuletzt doch nachgeben. Und wir werden viele Kinder haben. So Gott will.

»Ach, Romeo und Julia auf dem Lande«, rief Anna aus. »Ich mach uns mal einen Kaffee. Das geht ja an die Nieren, was du da vorliest. Warte noch mit dem Weiterlesen«, bat sie und verschwand durch die Schiebetür in die Küche.

Gontard und sein Gast nutzten die Pause, um sich ihre Zigarillos anzuzünden. Anna erschien mit einem Tablett und servierte den Kaffee im zierlichen chinesischen Geschirr ihrer Mutter.

Gontard legte sein Zigarillo auf dem schweren Kristall-Aschenbecher ab, nahm einen Schluck vom Kaffee und fuhr dann fort.

Geliebte Katharina, einziges Herz,

Soweit noch gesund. Verzeih, dass ich so wenig schreibe, denn ein Tag gleicht hier so ziemlich dem anderen. Regen und Sonnenschein, Laufen und Schauen sind unsere Tagesfragen, mit denen wir uns zu beschäftigen haben.

Die herzlichsten Grüße.

Dein getreuer Valentin

»Die Karte ist vom 21. Juni 1916«, sagte Gontard. »Und das ist das letzte Datum. Seine letzte Karte. Da kommt nichts mehr.«

»Der 2. Juli 1916 ist doch sein Todesdatum, wenn ich mich recht erinnere«, fügte er ein wenig stolz hinzu. »Die Daten auf dem Grabstein waren: 12. Oktober 1994 – 2. Juli 1916. Das hab ich mir gemerkt, weil der Todestag mit dem Geburtstag eines Freundes von mir übereinstimmt. Valentin Bosch war noch nicht mal zweiundzwanzig Jahre alt, als er gefallen ist.«

»Gefallen, so ein heuchlerisches Wort«, sagte Anna. »Da krieg ich Zustände, wenn ich das höre.«

»Was haben wir denn da?« Gontards rhetorische Frage bezog sich auf einen Brief mit einem beigefügten Foto. Dieses zeigte Valentin Bosch inmitten einer Gruppe anderer Künstler in weißen Bildhauerkitteln. Alle blickten ernst. Darunter stand zu lesen: *München. Kunstakademie.* Auf der Rückseite war vermerkt: *Valentin Bosch im Kreise seiner Studienkollegen an der Münchener Bildhauer-Akademie, 1913. Valentin Bosch vorne rechts sitzend.* Gontard las den Brief vor:

Kaiserslautern, den 10. 10. 1919

Liebes verehrtes Fräulein, als ehemaliger Kriegskamerad Ihres geliebten gefallenen Verlobten Valentin Bosch erlaube ich mir, Ihnen diesen kurzen Bericht über die letzten Minuten Ihres Verlobten zu schildern. Ich war zugegen, als mein mutiger Kamerad von feindlichen Geschossen tödlich getroffen wurde.

Er war hinausgetreten aus unserer Erdhöhle, um seinen Spähdienst anzutreten. Da schreit er jäh auf. Ein Geschoss hat ihm die Brust durchbohrt. Ein zweites zerschmettert ihm den Unterkiefer. Wir legen ihn um in einen Trichter und drücken ihm die Augen zu. Schlaf wohl, wackerer Landsmann, deine Künstlerlaufbahn, so vielversprechend begonnen, ist nun zu Ende.

Gezeichnet

Hochachtungsvoll Heinrich Conrad, Leutnant der Reserve a. D.

Die Zuhörer schwiegen, dann sagte Anna: »Bei allem Schwulst und Pathos, das geht an die Nieren.«

Gontard lehnte sich erschöpft in seinen Sessel zurück.

»Da kommt viel Schreckliches hoch«, sagte er und schwieg.

Anna und Berberich tranken ebenso schweigend ihren Kaffee zu Ende.

Anna unterbrach die Stille: »Valentin Bosch und Katharina. Katharina wie? Den Familiennamen habe ich nicht mitbekommen.«

»Die Karten sind alle an Katharina Mack adressiert«, erklärte Berberich.

»Wilhelmine«, rief Anna unvermittelt aus.

»Nein, Katharina, nicht Wilhelmine.«

»Ich meine Wilhelmine Mack.«

»Du willst sagen, es gibt hier in Schwanweiler noch wen von der Familie Mack?«

»Ja, Wilhelmine. Sie ist uralt. Sie war Hebamme und hat auch mir schon in die Welt verholfen. Und ich glaube, da gab es eine Schwester, die nach Amerika ausgewandert ist.«

»Das ist doch mal ein Hinweis, Frau Gontard. Gut, dass wir Sie dabei hatten beim Vorlesen«, sagte Berberich, dann fügte er voller Skepsis hinzu: »Uralt, haben Sie gesagt? Das klingt nicht gut. Ist sie denn als Zeugin zu gebrauchen? Am Ende ist sie dement.«

»Ach nein, Wilhelmine Mack ist zwar wirklich sehr alt, aber alles andere als dement. Ich hab sie erst vor ein paar Tagen in der Bäckerei getroffen. Die lebt noch allein in ihrem Häuschen und ist zwar ziemlich wacklig geworden, aber im Kopf oben stimmt noch alles. Sie hat der Bäckerin gesagt, sie sei auf den Euro gespannt. Interessiert sich noch für das Tagesgeschehen. Für die Zukunft. Sie ist so um die neunzig.«

»Also werden wir unsere schöne Kaffeerunde abbrechen, und ...«, begann Gontard.

»... und zu Wilhelmine Mack gehen«, vollendete Anna den Satz. »Ach ja, all die Mahlzeiten, die abgebrochenen, gar nicht stattgefundenen, verzögerten ...« seufzte sie. »Und das hat noch nicht einmal im Ruhestand ein Ende.«

»Ruhestand. Was ist das?«, fragte Gontard und nahm seine Frau in die Arme. Sein altbewährtes, vorbeugendes Mittel gegen Verstimmungen und Ehekräche.

»Sie wohnt in der Grabengasse neben der Raiffeisenbank. Ein kleines älteres Haus. Mit grünen Fensterläden und Buntsandsteineinfassungen. Nicht zu übersehen neben all den Baumonstern in der Straße.«

Berberich band die Feldpostkarten wieder zusammen.

»Kommen Sie, Chef«, sagte er zu Gontard.

»Bis später, Liebes«, sagte Gontard zu Anna. »Drück die Daumen, dass deine Hebamme uns weiterhelfen kann. Ach, und beinahe hätte ich es wieder vergessen. Ich muss dir später was ganz Wichtiges sagen. Zu wichtig, um zwischen Tür und Angel abgehandelt zu werden.«

Er wird nun doch allmählich vergesslich. Und alt. Aber ich liebe ihn trotzdem, dachte Anna und schloss die Tür hinter den beiden Männern, die es nun sehr eilig hatten.

8. KAPITEL

Wilhelmine

Das Haus in der Grabengasse war tatsächlich nicht zu übersehen. Nicht weil es so groß war, im Gegenteil. Es war das kleinste Haus in der Straße. Ein nostalgisches Überbleibsel unter all den nichtssagenden Häusern aus den sechziger und siebziger Jahren mit ihren Glasbausteinen und Versatzstücken aus den Baumärkten. Mit seinen grünen Fensterläden und den Frühlingsblumen in Kästen und Beeten erinnerte es Gontard an ein Hexenhäuschen. Wie im Märchen wurde den beiden verdutzten Männern die Tür geöffnet, ohne dass sie vorher geläutet hatten. Auf dem Schildchen neben der altmodischen Glocke war zu lesen: *Wilhelmine Mack. Hebamme.*

Die Frau, die im Türrahmen stand, konnte unmöglich die Bewohnerin sein. Die Kriminologen waren auf eine uralte, verhutzelte Gestalt vorbereitet gewesen und hatten sich auf dem Weg in die Grabengasse gefragt, ob man wirklich mit ihr als Zeugin würde rechnen können. Trotz Annas Beteuerungen, wie rüstig die Frau noch sei, waren die beiden Männer zudem voller Unbehagen, denn sie mussten ihr von einem grausigen Verbrechen berichten. Vom Mord an einem jüngeren Verwandten, in welchem Verhältnis auch immer der Mann zu ihr gestanden hatte. Die Hausbesitzerin sprach die Besucher mit ungewöhnlich dunkler und fester Stimme an, selbstbewusst und freundlich: »Ich habe Sie schon erwartet. Im Dorf hier bekommt man Neuigkeiten sehr schnell mit. Vor allem schlimme Nachrichten verbreiten sich in Windeseile. Meine Nachbar Walter Feilmann hat mir schon von dem Mord unten auf dem

Friedhof erzählt. Und ich glaube, der Tote ist Sam. Samuel. Aber kommen Sie doch herein, meine Herren. Hier kann man nicht reden, ohne dass die Nachbarschaft lange Ohren kriegt. Dort drüben geht schon eine Gardine hoch.«

Sie deutete demonstrativ zum gegenüberliegenden Fenster. Eine Rüschengardine sauste augenblicklich herunter. Gontard und Berberich mussten unwillkürlich schmunzeln.

»Sehen Sie? Was sage ich? Ich höre zwar nicht mehr so gut wie früher, aber ich habe immer noch gute Augen. Na ja, nicht mehr ganz. Alles lässt nach. Wollen wir nicht übertreiben. So, und jetzt kommen Sie rein in die gute Stube. Ich mache uns einen Kräutertee. Sie trinken doch Kräutertee? Selbstgesammelte Kräuter. Gut für Sie, meine Herren.«

Nur leicht gebückt ging diese ungewöhnliche Kräuterhexe den beiden Männern voran in die gute Stube, wo sie ihnen zwei gemütliche Ohrensessel anbot.

»Alles ein bisschen altmodisch bei mir, wie es sich für eine alte Frau gehört. Aber ich habe auch Modernes, wie Sie sehen.« Voller Stolz zeigte sie auf einen Nierentisch, eine Anrichte und eine Stehlampe, eine Vitrine nebst Accessoires. Gontard lächelte, denn das »Moderne« stammte aus den Fünfzigerjahren und galt heute, im Jahr 2000, schon fast wieder als antik.

Sie ging in die Küche, ungewohnt flink für eine Neunzigjährige. Als sie die gute Stube verlassen hatte, sahen sich die beiden Männer kopfschüttelnd an.

»Ich hab eine Großtante, Pauline, die ist auch noch topfit mit ihren dreiundneunzig Jahren«, unterbrach Berberich das Schweigen. »Die backt mir jeden zweiten Sonntag im Monat Käsekuchen.«

Leidend fügte er hinzu: »Das Dumme ist nur, dass ich Käsekuchen nicht ausstehen kann.«

»Ein Phänomen, diese Frau. Die Hebamme, meine ich«, sagte

Gontard. »Und wir haben uns schon Sorgen gemacht, wie wir ihr möglichst schonend die Todesnachricht überbringen sollten. *Cool as a cucumber*, kühl wie eine Gurke, wie die Engländer sagen. Abgebrüht. Nein«, berichtigte er sich. »Eher weise, lebensklug. Sie hat in ihrem langen Leben gelernt, Unabänderliches hinzunehmen.«

Er deutete auf zwei Fotos auf dem Kamin. Es waren die gleichen Fotos wie die, welche der Tote bei sich getragen hatte. Das Foto der Eltern des Toten. *Pretty Polka-dot-Mum*. Dann das Foto mit dem jungen Samuel und seiner Großmutter, Granny Kate.

»Oh, was ist das?«, rief Gontard plötzlich aus und zeigte auf eine Jugendstilbüste aus weißem Marmor, die Büste einer ganz jungen Frau, die auf dem Vertiko neben der Tür stand. Die modellierte junge Frau trug eine Hochfrisur. Das lange Haar war im Nacken kunstvoll zu einem Knoten geschlungen. Der Hals war zart und lang, die Gesichtszüge waren fein und fast kindlich.

»Den Kopf kenne ich doch«, rief Gontard aus. In diesem Moment erschien Wilhelmine Mack mit einem Tablett, auf dem drei Sammeltassen und eine bauchige Teekanne standen.

So schwerhörig, wie sie behauptet hatte, konnte Wilhelmine Mack nicht sein, denn sie antwortete auf den erstaunten Ausruf Gontards: »Ja, das ist meine Schwester. Es Katharina.«

Es Katharina. Ja natürlich, in der Westpfalz und auch im nahen Saarland heißen Mädchen und Frauen nicht Katharina oder die Katharina, sondern *es Katharina*. »Es« war ein Gebot der westpfälzischen und saarländischen Grammatik.

Wilhelmine schenkte den beiden Männern dampfenden Tee ein und sagte dabei: »Der Valentin hat den Kopf modelliert. Und es Katharina hat mir die Büste dagelassen. Bei der Auswanderung nach Amerika, meine ich.«

»Wann ist Ihre Schwester ausgewandert, Frau Mack?«

»Das war nach dem Krieg. Nach dem Ersten Weltkrieg. Das war so um 1921, eine Ewigkeit her. Da war es Anfang zwanzig. Es hat es nicht mehr ausgehalten im Dorf. Ohne den Valentin, dann die Sache mit dem Kind. Und dann der ganze Bosch-Clan. Ein neues Leben wollte es anfangen. In der neuen Welt. Und es wollte mich mitnehmen. Aber ich war erst dreizehn, vierzehn, hing noch an den Eltern.«

Sie schaute gedankenverloren aus dem Fenster, schien nun ganz in der Vergangenheit versunken zu sein.

Gontard holte die Träumerin mit einer Frage jäh in die Gegenwart zurück.

»Sie haben eben von einem Kind gesprochen, Frau Mack. Und von Schwierigkeiten, die Ihre Schwester mit dem Bosch-Clan hatte. Sie meinen Valentin Boschs Familie?«

»Eine lange Geschichte. Ich könnte Ihnen viele Geschichten erzählen. Nicht nur von der Familie Bosch. Vor allem die sogenannten ehrenwerten Familien, die immer auf uns herabgeschaut haben, die haben ihre Leichen im Keller. Die Boschs. Die Jungbluths. Aber alles von Anfang an. Ich war ja noch ein Kind, es Katharina war beinahe zehn Jahre älter als ich. Alles ist mir so deutlich vor Augen, als sei es gestern erst passiert. Weil es so dramatisch war. Das bleibt doch haften für immer und ewig, und je älter man wird, desto klarer steht die Kindheit vor einem.

»Ich weiß, ich weiß«, nickte Gontard. Berberich schwieg.

»Der Valentin und es Katharina haben sich richtig geliebt. Sie wollten heiraten nach dem Krieg, dann ist der Valentin nicht mehr zurückgekommen. In einem Massengrab liegt er, in der Nähe von Arras in Nordfrankreich, zusammen mit 20.000 anderen deutschen Soldaten. Die Boschs haben dem Valentin klargemacht, dass er enterbt wird, wenn er es Katharina heiratet. Sie haben ja schon Pech und Schwefel herabbeschworen auf den Valentin, als er den Engel erschaffen hat.«

»Welchen Engel?«, wollte Gontard fragen. Doch dann kam die Erleuchtung. Wie blind er gewesen war. Natürlich! Der Jugendstilengel. Er hatte das gleiche Aussehen wie die Mädchenbüste da drüben auf dem Vertiko. Das gleiche mysteriöse Lächeln. Halb Kind, halb Frau.

»Die haben getobt, dass der Engel auf dem Familiengrab die Züge der ›Hure‹ trägt, die ihren Sohn verhext hat. Der Vater nur ein Häusler. Und die Mutter vom Valentin, es Ernestine, war eine wahre Furie. Es soll getobt haben.«

Wilhelmine Mack schien nachzuholen, was sie all die Jahre versäumt hatte. Die beiden Besucher waren geduldige Zuhörer. Sie unterbrachen die alte Frau nicht, um ja nichts zu verlieren von diesem Bericht, der für die Aufklärung ihres Mordfalls wertvoll sein würde. Jede Aussage dieser Zeitzeugin war kostbar, das fühlten die beiden Männer instinktiv. Nur den Strom der Erinnerung der alten Frau nicht eindämmen.

Dennoch wagte Gontard, eine Bitte vorzutragen.

»Stört es Sie, Frau Mack, wenn wir bei Ihnen ein Zigarillo rauchen?«

»Aber nein. Ich habe neun Jahrzehnte überlebt, oft in vollgeräucherten Stuben, wenn die werdenden Väter nervös eine Zigarette nach der anderen angezündet haben. Das war früher so. Pfeifen. Zigaretten. Filterlos. Und Zigarren. Und nun bin ich trotz Einräucherns so alt geworden. Was sollen Ihre Zigarillos mir noch schaden? Morgen kann es vorbei sein mit mir, und es ist gut so.«

Wieder schaute sie wie in Träumen aus dem Fenster, gab sich aber einen Ruck: »Wo war ich noch mal stehen geblieben? Man wird alt.« Sie lachte, als habe sie einen Witz gemacht.

»Ernestine Bosch«, half Berberich der alten Frau auf die Sprünge.

»Ja, es Ernestine war noch schlimmer als der Alte, der Adam.

Eine Frömmlerin. Eine sture Protestantin. Wir Macks sind alle katholisch, aber ich geh nicht mehr in die Kirche. Nie mehr. Wie es Katharina, so habe auch ich den Glauben verloren. Ich habe Gott auf andere Weise gedient, als jeden Sonntag die Kirchenbank mit meinen Knien abzurutschen. Ich hab so vielen gesunden Kindern in die Welt geholfen. Es waren über tausend Kinder in all den Jahren, wo ich als Hebamme in Schwanweiler gearbeitet hab.«

Die beiden Männer hatten sich unterdessen ihre Zigarillos angesteckt. Gontard schaute auf das Marienbild an der Wand, einen Druck der Madonna von Raffael. Beide gucken so unsagbar traurig, dachte er.

»Ja, die Madonna und das Kind, die sind mir heilig, nach wie vor«, sagte Wilhelmine Mack, die den Blick des Besuchers bemerkt hatte.

»Mein Lebensmotto. Mütter und Kinder. Nicht Väter, Männer. Es gibt so viele Halunken darunter.«

»Das Kind. Das Kind von Katharina und Valentin, was war mit ihm?«, drängte Gontard nun doch.

»Das Kind war unehelich, ein Schandfleck. Für die damalige Zeit. Aber es ist gestorben. Schon wenige Wochen nach der Geburt. Der Valentin war im Krieg. Sie hat das Kind Raffael genannt. Raffael wie den Engel. Ich war dabei bei der Geburt. Das war meine erste Geburtshilfe. Wie es Katharina hat leiden müssen! Ich war da, die kleine Schwester, und ich hab einem gesunden Kind in die Welt geholfen, aber dann war das Kind auf einmal tot. Viele Säuglinge und Kleinkinder bekamen damals Diphtherie. Eine solch grausame Krankheit. Es war ein herziges Kindchen. Da hab ich mir geschworen, ich werde Hebamme. Ich will für die Frauen und die Kinder da sein. Keinem Mann gehören und keinem dienen. Niemals.«

Es ergibt alles auf einmal Sinn, dachte Gontard. Die Worte

auf der Feldpostkarte ergaben nun Sinn: *Wir werden viele Kinder haben, wenn ich zurückkomme.* Und: *Ich denke oft an unseren kleinen Engel.*

»Wer hat den Samuel umgebracht?«, fragte Wilhelmine Mack plötzlich. Sie war wieder ganz in der Gegenwart. »Er war ein guter Mensch, denke ich. Er hat mir zu Weihnachten und zu Ostern und zum Geburtstag immer geschrieben, und er hat sich angekündigt. Er wollte mich besuchen.«

»Haben Sie mit Ihrer Schwester Katharina eigentlich Kontakt gehabt, vorher, die ganzen Jahre über?«

»Kaum, ich habe schwer gearbeitet. Sie hat es auch nicht leicht gehabt. Viel Geld zum Reisen war da nicht übrig. Es Katharina ist schon seit zehn Jahren tot. Es ist alt geworden. Wir sind eine Sorte, die alt wird.«

»Was wissen Sie über die Familie, über Samuels Eltern?«, wollte Berberich wissen.

»Da sehen Sie die Fotos, viel mehr habe ich nicht. Bei mir war einmal ein kleiner Brand vor ein paar Jahren, da ist einiges kaputt gegangen. Auch Briefe von meiner Schwester. Es hat in den ersten Jahren öfter geschrieben. Aber ich hab noch den ersten Brief von ihm. Nach seiner Ankunft in Amerika hat es Katharina den Brief geschrieben. Ich hol ihn mal.«

»Zuerst wollten Sie uns erzählen, was Sie über Ihren Großneffen Sam und seine Eltern wissen, oder?«, drängte Berberich ein wenig ungeduldig.

»Ja, Entschuldigung. Man wird alt. Wie ich eben schon gesagt habe. Es Katharina hat in Amerika geheiratet, ist über den Tod vom Valentin hinweggekommen in der neuen Welt. Das war Ende der zwanziger Jahre. Ein Farmer war das, Keith Kleeburger, und seine Tochter Alma ist jung gestorben, im Kindbett. Das war 1951. Dort drüben, das Alma auf der Hochzeitsreise mit seinem Mann, Charles Tyler. Der Bub, Samuel, ist bei meiner Schwester aufgewachsen, seiner Großmutter. Sein Vater ist auch nicht alt geworden, er ist in den siebziger Jahren bei einem Autounfall ums Leben gekommen, da war Sam mit der Großmutter allein. Es Katharina hat einmal geschrieben: *Der Sam ist mein Herzenskind.*«

Sie deutete auf das Foto, das Samuel mit Granny Kate zeigte.

»Er sieht genau aus wie sein Vater«, sagte Gontard. »Verblüffend, diese Ähnlichkeit.«

»Ja, rothaarig sind sie alle«, sagte Wilhelmine Mack. »Alle.«

»War Charles Tyler ein Ire?«

»Irre? Aber nicht doch. Er war normal. Sehr normal, der hat genau gewusst, was er tat damals«, sagte Wilhelmine Mack, deren Schwerhörigkeit sich nun doch bemerkbar machte.

Aber die beiden Kriminologen wussten mit der Aussage nichts anzufangen.

»Nein, ein Irländer, ein Ire. Ein Mann aus Irland, meinte ich.«

»Aber von wegen Ire. Der war Deutscher. Ein Mann von der Gegend hier. Er hat in unserem Dorf gearbeitet. Vor der Auswanderung.«

Gontard und Berberich kamen sich vor wie auf der Folter. Was meinte die Frau? War sie vielleicht am Ende doch verwirrt? Nicht nur schwerhörig?

»Aber Charles Tyler ist doch kein hiesiger Name«, wunderte sich Berberich.

»Na, die haben sich doch in der Neuen Welt manchmal andere Namen gegeben. Amerikanische Namen. Das war vorher der Karl Ziegler, und der ist damals ausgewandert, 1950, nicht lange nach dem Mord.«

Diese alte Frau, dachte Gontard, die steckt voller Namen, voller Geschichten, voller Geheimnisse. Können wir ihr trauen?

»Welchem Mord?«, fragte Berberich. Er bebte vor Neugier, aber in seiner Stimme schwang auch Skepsis mit.

»Dem Mord an seiner Schwester.«

»Er hat seine Schwester ermordet? Und er ist nach Amerika geflohen?«

»Nein, es Agnes hat er nicht ermordet. Er ist verdächtigt worden. Die Polizei hat ihn eingesperrt, aber dann ist er freigekommen. Er hat ein Alibi gehabt. Der hat es Agnes nicht ermordet. Der hat keinem ein Haar krümmen können. Ein guter Mann.«

Sie schaute hinüber zu dem Foto, auf dem ein sehr ernster Mann liebevoll seinen Arm um seine schwangere Frau legt.

Er sieht verbittert aus, dachte Gontard. Gekränkt. Verletzt in der Seele. Das war mir vorher nicht aufgefallen.

»Und wann ist der Mord an Agnes Ziegler passiert?«

»Das war 1949. Ja, er war damals ungefähr einundzwanzig. Es Agnes war erst siebzehn Jahre alt. Furchtbar.«

»Und der Mörder von dem Agnes?« Berberich passte sich vor Aufregung schon der westpfälzischen Grammatik an.

»Der Mörder?«

Wilhelmine Mack lachte seltsam auf. Ein Altfrauenlachen, rau und brüchig.

»Der läuft heute noch frei herum. Lebt und freut sich seines Lebens.«

Nun begann Gontard doch an der Zurechnungsfähigkeit der alten Frau zu zweifeln. Dem Kripochef ging es wohl ähnlich, denn er fragte unverhohlen ironisch: »Sie kennen den Mörder von Agnes Ziegler, Frau Mack?«

»Vielleicht. Aber ich hab keine Beweise. Am Ende irre ich mich. Wie leicht kann ein Falscher beschuldigt werden. Ich sag nichts. Kein Name kommt über meine Lippen. Es ist auch alles schon so lange her. Finden Sie lieber Samuels Mörder. Wo ist er jetzt? In der Gerichtsmedizin? Bei der Autopsie? In der … wie heißt es noch mal … in der Pathologie?«

Stolz, das richtige Wort gefunden zu haben, sagte sie: »Ich wollte Ihnen doch noch den Brief zeigen, den es Katharina mir damals geschrieben hat. Als es in Pennsylvanien angekommen ist.«

Sie ging zielstrebig zum Vertiko, auf dem die Büste stand, strich der Statue kurz zärtlich über den Kopf, öffnete eine Schublade und zog einen Umschlag hervor, in dem ein Brief steckte.

»Dürfen wir ihn mitnehmen und in Ruhe lesen?«

»Aber freilich. Ich kenne ihn sowieso auswendig. Aber ich kriege ihn wieder zurück, gell?«

Sie schaute versonnen die Büste an und sagte: »Genau so hab ich es Katharina in Erinnerung. So hat es ausgesehen, als wir den Valentin verabschiedet haben. Im August 1914, am Bahnhof. Bei der Mobilmachung. Ich war ein Kind, noch nicht zehn Jahre alt. Das ganze Dorf war auf den Beinen. Alle waren völlig aus dem Häuschen. Die Kirchenglocken der beiden Kirchen haben Sturm geläutet, der katholische und der protestantische Pfarrer haben die Waffen gesegnet. Es hieß: Und nun geht in die Kirche, kniet nieder vor Gott und bittet ihn um Hilfe für unser braves Heer. Wir Mädchen trugen unsere Matrosenkleider und die Buben ihre Matrosenanzüge. Wir haben Fähnchen geschwenkt, und der protestantische Kirchenchor hat gesungen: *Heil dir im Siegerkranz* und *Ein feste Burg ist unser Gott.* Auf einem Zugwaggon war ein großes Banner festgemacht, darauf stand: *Reise nach Paris*. Die Feuerwehr hat Marschmusik gespielt, daneben aufgereiht standen die Ehrenjungfrauen in ihren weißen Kleidern. Das Fähnchenschwenken fand ich sehr lustig, auch die Musik. Dann hab ich es Katharina in der Menge entdeckt, und ich hab seine Tränen gesehen, und ich hab auf einmal gemerkt, dass sein Bauch dicker war als sonst. Der Valentin hat aus einem der Waggons heraus gewinkt. Er hat nicht gelacht und Witze gerissen wie all die anderen Kameraden. Einer hat laut gebrüllt: ›Jeder Schuss ein Russ. Jeder Stoß ein Franzos. Jeder Tritt ein Brit'‹. Da haben die Leute drumherum applaudiert. Die Eltern vom Valentin waren da gestanden mit eisigen Gesichtern. Dann hat der alte Bosch geschrien: ›Hurra, hurra unserem Kaiser‹. Der Zug ist langsam losgefahren. Es Katharina ist auf einmal ohnmächtig zusammengebrochen. Die Leute haben getuschelt. Jemand hat es Katharina weggetragen zu uns heim. Von da an hat es Katharina die Hölle gehabt im Dorf. Bis das Kind geboren wurde und erst recht danach. Ach, meine Herren, was langweile ich Sie mit den alten Geschichten. Aber es kommt so selten wer vorbei, mit dem ich richtig reden kann. Jemand, der mich versteht.«

»Ihre Geschichten sind interessant, liebe Frau Mack. Was Sie nicht alles erlebt haben!«, erwiderte Berberich, und es war keine pure Höflichkeitsfloskel.

»Fräulein Mack, nicht Frau Mack, junger Mann«, berichtigte die Hebamme. »Ich war nicht verheiratet, und das ganz bewusst. Fräulein, ganz altmodisch. Das passt zu mir, besser als Frau.«

»Ach, beinahe hätte ich es vergessen«, sagte Berberich. »Bei Ihrem Großneffen haben wir Feldpost gefunden. Feldpost von Valentin an Katharina. Bestimmt hat er das für Sie mitgebracht.«

»Zu spät, ja, zu spät. Der arme Bub. Ich hätte ihn gerne kennengelernt.«

»Die Feldpost bekommen Sie von uns natürlich demnächst ausgehändigt.«

»Zu spät. Zu spät«, sagte sie nur.

Als sie die beiden Polizisten hinausgeleitete, fielen Gontard die getrockneten Kräuter auf, die im Flur hingen und in der Küche, deren Tür offenstand. An langen Schnüren und an Nägeln waren sie gebündelt aufgereiht. Eine Kräuterhexe, tatsächlich, dachte er. Eine weise und heilkundige Frau. Früher hat man solche Frauen zu Scharen auf dem Scheiterhaufen verbrannt. Ihr großes Wissen war der Kirchenobrigkeit suspekt gewesen.

»Welches Kraut war eigentlich in dem Tee, den wir getrunken haben, Fräulein Mack?«, erkundigte sich Gontard.

»Eine Spezialmischung von mir. Geheimrezept. Heilsam und tödlich. Je nachdem, wie man es mischt. Paracelsus sagt: *Alle Ding' sind Gift und ohn' Gift; allein die Dosis macht, dass ein Ding Gift ist.*«

Berberich schaute etwas erschrocken drein.

»Keine Angst, junger Mann. In Ihrem Fall war die Mischung doch eher heilsam.«

»Und heilsam wofür?«

»Für Körper und Seele.«

Sie fragte schnell: »Was geschieht mit meinem Großneffen? Ich meine: nach der Untersuchung des Pathologen.«

»Wir kümmern uns darum, dass Sie nicht zu viel Arbeit haben mit den Begräbnisformalitäten.«

»Er soll eine schöne Beerdigung haben, der Samuel. Das bin ich schon meiner Schwester schuldig. Sie hat ihn so geliebt, den Sam. Ich hab einen schönen Batzen Geld zur Seite gelegt. Ich bin schon lange keine arme Häuslerin mehr. Und ich habe alles aus eigener Kraft geleistet. Ohne Mann. Und aus den sogenannten kleinen Verhältnissen bin ich gekommen. Man würde mich eine emanzipierte Frau nennen heutzutage, oder?«

Sie sagte es voller Stolz und machte das Gartentürchen zu.

Eine weißrotgestreifte Katze sprang vom Torpfosten herunter und folgte ihrer Herrin Richtung Haus.

»Noch einen schönen Gruß an Ihre Frau, Herr Gontard. Es Anna hab ich in die Welt befördert. Die gute alte Hausgeburt, wie es üblich war damals.«

»Ja, ich weiß, und das haben Sie wirklich gut gemacht, liebes Fräulein Mack, das mit Anna«, antwortete Gontard lachend. »Danke dafür. Auf Wiedersehen.«

Sie erwiderte den Gruß nicht, kicherte wie ein junges Mädchen und ging langsam ins Haus zurück.

Im Auto sagte Berberich: »Wenn alle Zeugen so gesprächig wären, dann hätten wir es leichter.«

»Gesprächig, ja und nein. In der Mordgeschichte Agnes Ziegler eher nicht.«

»Ach, Sie haben das wirklich ernst gemeint? Sollten wir uns schlau machen, was diesen alten Mordfall betrifft?«

»Wir sollten nicht, wir müssen, wenn wir im aktuellen Mordfall weiterkommen wollen. Das ist doch kein Zufall, diese Familienverbindung. Vielleicht kann uns Anna wieder ein bisschen helfen. Ihre Kindheit in Schwanweiler ...«

»Kann sie da viel mitgekriegt haben? Als Kind, meine ich.« Berberich klang skeptisch.

»Sie haben ja eben gehört, was Wilhelmine Mack alles mitbekommen hat als Kind. Kinder sehen und spüren oft das, was Erwachsenen verborgen bleibt. Kinder waren zu meiner Zeit als Kripochef schon mehr als einmal wichtige Zeugen. Entscheidende Zeugen sogar.«

»Stimmt, ich muss nun aber mal zum Tatort rüber und nachsehen, wie weit meine Leute da gekommen sind. Wer weiß, vielleicht haben sie den Krokogeldbeutel gefunden und den Hotelschlüssel.« Er machte eine Pause und sagte: »Das war ein Witz.«

»Und später essen Sie mit uns zu Abend?«

Da sagte der Kripochef nicht nein.

9. KAPITEL

Agnes Ziegler

Gontard hatte noch nicht die Tür hinter sich zugemacht, als Anna um die Ecke geschossen kam. Sie war sichtlich aufgebracht. Ihr Mann erkannte die Zeichen. Wenn die Augen seiner Frau smaragdgrün leuchteten, bedeutete das allerhöchste Alarmstufe.

»Eben hat Lilli angerufen.«

Dieser Satz genügte, um den Rest zu erraten.

Lilli hatte ihre Mutter gefragt, ob sie sich denn nicht freue, man höre ja nichts aus Schwanweiler.

»Natürlich freue ich mich immer, wenn du anrufst.«

»Und das Baby?« Lilli hatte fast geheult vor Enttäuschung.

»Welches Baby?«

»Ja meins. Unser Baby. Euer Enkelkind.«

Da erst war bei Anna der Groschen gefallen.

»So ein Kerl!«, rief sie ins Telefon.

»Du meinst aber jetzt nicht Fabrice?«

Lilli war entgeistert.

»Nein, natürlich nicht, aber deinen Vater. Vor lauter Mord und Totschlag in Schwanweiler vergisst er mal wieder uns, dich, alles. Auch das Allerwichtigste.«

Und zwischen Heulen und Lachen vergoss Anna ein paar Freudentränen.

»Wann kommt das Kleine? Wisst ihr schon, ob …?«

»Nein, so früh doch noch nicht. Im November. Der 10. November ist der errechnete Termin. Wer ist denn ermordet worden?«

Es wurde ein langes Telefongespräch, bei dem der Mord in Schwanweiler eine eher zweitrangige Rolle spielte.

Lilli verabschiedete sich mit den Worten: »Sag dem Rabenopa einen schönen Gruß.«

Gontard nahm Anna in die Arme, küsste sie.

»Hallo Oma, nun wird es bald amtlich, dass wir alte Tattergreise sind. Ach, was soll's! Wie schön, ein Enkelkind.«

Nach einer Weile sagte er: »Entschuldige. Aber die Fälle.«

»Die Fälle? Ist denn noch jemand ermordet worden? Die Buschtrommeln von Schwanweiler haben es noch nicht verkündet.«

»Der Mord ist verjährt, lange her. Ein Mord im Jahr 1949. Da warst du noch ein Kind.«

»Du meinst den Mord an Agnes Ziegler?«, kam es wie aus der Pistole geschossen.

Gontard war völlig überrascht.

»Du weißt das alles noch?«

»Natürlich weiß ich nicht alles, aber … Du, das ist ein komischer Zufall. Beim Ausräumen und Sortieren von Mamas Tagebüchern ist mir auch noch etwas in die Hände gefallen, das mit dem Fall Agnes Ziegler zu tun hat. Das hat mein Gedächtnis in Gang gebracht.«

»Ein Dokument deiner Mutter?«

»Eigentlich eher eins von Papa. Ein Koffer mit alten Musterbüchern für Theologiestudenten, Pfarrvikare. Solche Sachen. Grabreden und Predigten für alle Gelegenheiten.«

»Gibt es das?« Gontard musste lachen.

»Ja, da war so eine Grabrede dabei mit Bemerkungen von Papa zum Fall Agnes Ziegler. In seiner Krakelschrift, aber ich hab es entziffern können. Ich hol es gleich.«

»Zuerst mal, was weißt du von dem Fall?«

Und Anna begann, ihrem Mann aus der damaligen Kinderperspektive zu schildern, was sich ihrem Gedächtnis eingegraben hatte.

»Da war dieses wunderschöne Mädchen mit dem roten Lockenhaar. Ich selbst war so ein verträumtes Kind, das in einer Märchenwelt gelebt hat, und ich habe mir immer solche Haare gewünscht. Agnes Ziegler war Hausangestellte. Und eines Tages hieß es, dass man sie im Wald erdrosselt gefunden hat. Im Dorf war ein fürchterlicher Aufmarsch von Polizei. Wie heute«, sagte sie und deutete auf die Straße, wo man mehrere Polizeiwagen hintereinander herfahren sah. Sie fuhr fort: »Ich weiß, da war ein Mann verhaftet worden.«

»Ihr eigener Bruder.«

»Ja, Karl Ziegler. Der ist mir als Kind auch aufgefallen, weil er genauso rote Haare hatte wie seine Schwester. Er war immer so ernst, und ich habe Angst gehabt, wenn ich ihm begegnet bin im Dorf. Agnes war fröhlich und freundlich. Papa hat mich mal in die Mühle mitgenommen, da hat Agnes mir eine Tasse Kakao gebracht und dabei gesagt: »Pst, das darf keiner wissen. Die Herrschaften wollen das nicht.« Und dann ist sie mit mir in den Garten gegangen und hat mit mir Ball gespielt und dabei viel gelacht. Der Karl hat in der Nähe der Ställe gearbeitet und hat manchmal zu uns herübergeguckt. Aber er hat nicht gelacht. Dann hat jemand vom Haus her die Agnes gerufen mit ganz strenger Stimme. Sie solle gefälligst arbeiten und nicht die Zeit mit einem kleinen Kind vertrödeln. Die Frau, die gerufen hat, war die Müllerin.«

»Welche Mühle? Welche Müllerin?«

»Na ja, die Mühle der Familie Jungbluth. Der alte Jungbluth war ein Presbyter, heute sagt man, glaube ich, Kirchenältester. Papa hatte ab und zu was mit ihm zu besprechen. Ich war ein paarmal dort mit ihm, aber es war mir immer ein bisschen unheimlich zumute. Agnes und Karl Ziegler waren beide

Angestellte in der Mühle. Sie im Haus, er in den Stallungen. Auf dem Hof.«

»Unheimlich weshalb?«, hakte Gontard nach.

»Da hat es Geschichten gegeben um die Mühle. Schauermärchen, von den Dorfleuten erfunden, so denke ich heute. Als Kind habe ich den Schauergeschichten geglaubt: Da gab es die Geschichte vom Müller, der sich vor ungefähr zweihundert Jahren erhängt hat, und der um Mitternacht herumspukte. So ein Unsinn. Aber das mit Johannes, das ist wirklich passiert. Der ist in den Treibriemen in der Mühle geraten. Bei der Arbeit. Das war aber, nachdem der Mord an Agnes passiert war, einige Jahre später. Papa hatte sich nach dem Mordfall damals bald versetzen lassen. Nach Thalkirchen, das weißt du ja. Und er wollte eigentlich auch nie wieder hierher zurückkehren. Ist er auch nicht, denn er ist ja schon 1977 gestorben, und Mama hat mit Schwanweiler keine Probleme gehabt. Im Gegenteil. Sie hat sich hier erst wohlgefühlt, in ihrem modernen Bungalow.«

»Wer war dieser Johannes?«

»Johannes, der war der älteste Sohn der Jungbluths und in Agnes verliebt. Ein mehr oder weniger heimliches Liebespaar. Man hat gemunkelt, dass sie verlobt sind. *Romeo und Julia auf dem Dorfe.*«

»Wie Katharina Mack und Valentin Bosch, der Künstler«, stellte Gontard fest. »Eine Generation früher allerdings. Und wer hat die Mühle geerbt?«

»Richard Jungbluth, der jüngere Bruder. Sie waren und sind die reichsten Leute im Dorf, die Jungbluths. Ach, ich vergesse nicht, wie ich als Kind mit angehört habe, was mit Johannes passiert ist. Damals war ein Ehepaar aus Schwanweiler zu uns zu Besuch nach Thalkirchen gekommen. Die haben drastisch geschildert, wie grässlich Johannes umgekommen ist. So was vergisst man nicht. Meine Kinderwelt war sonst so heil, da prägt sich gerade das andere ein. Das Schlimme.« Sie schaute versonnen vor sich hin, schüttelte sich, als wolle sie die Erinnerung dadurch loswerden.

»Jungbluth, wo hab ich nur den Namen erst kürzlich gehört?« Gontard schlug sich an die Stirn: »Natürlich. Wilhelmine Mack hat den Namen erwähnt. Im Zusammenhang mit ihrer Schwester, die ausgewandert ist. Die Boschs und die Jungbluths, die haben ihr das Leben sauer gemacht. Genau so hat sie es gesagt. Weil sie katholisch war und aus ärmlichen Verhältnissen dazu. Das weiß ich von Wilhelmine. Und was du vielleicht nicht weißt, Anna: Katharina Mack brachte ein uneheliches Kind von Valentin auf die Welt, das bald nach der Geburt gestorben ist. Die Boschs haben ihr verweigert, sie als Schwiegertochter anzuerkennen, noch nicht einmal, als Valentin nicht vom Krieg heimgekommen ist. Kaltherzig. Aber die Jungbluths? Was hatten die damit zu tun?«

»Ich kann es mir denken. Meine Eltern haben ja öfter zusammen über die Familie Jungbluth gesprochen, denn die haben meinem Vater das Leben als Pfarrer schwergemacht. Er war ihnen nicht fromm genug. Er hat nicht dauernd Bibelstunden abgehalten und solche Sachen. Der alte Jungbluth, der Presbyter, war ein »Mucker«, frömmer als fromm. Und seine Frau war noch viel schlimmer. Und meine Eltern haben mal gesagt, dass das schon seit Generationen so gewesen sei. Pietisten. Katholikenhasser.«

»Ja, mit anderen Worten«, folgerte Gontard, »schon zu Zeiten von Katharina Mack und Valentin Bosch hat der Jungbluth-Clan all denen zugesetzt, die nicht ihren christlichen Vorstellungen entsprochen haben. Wie zum Beispiel uneheliche Mütter. Darum hat Wilhelmine von den Jungbluths gesprochen.«

»Ach, zum Glück hat Papa dann in Thalkirchen ein leichteres Leben gehabt als Pfarrer. Da hat es keine Pietisten gegeben. Keine Mucker.«

»So, Anna, und jetzt hol mir doch bitte mal das Rezeptbuch für Grabreden.«

Nach wenigen Minuten kam Anna mit dem schwarzen Band zurück.

»O je, das muffelt und mieft ja fürchterlich nach Gruft«, rief Gontard, als das Buch vor ihm lag.

»Passt zum Inhalt, das wirst du gleich sehen und lesen«, meinte Anna und schlug die vergilbten, mit Stockflecken übersäten Seiten um. Ein Buchzeichen markierte die Stelle mit der Musterrede für ein ermordetes Mädchen.

»Die Krakelschrift deines Vaters, unverkennbar.«

Gontard musste schmunzeln bei der Lektüre der schwülstigen Grabrede, trotz des tragischen Geschehens um den Mädchenmord.

»Das fromme Pathos, das ist ja kaum zu ertragen«, sagte er. »Aber wirklich interessant, die Randbemerkungen von deinem Vater. Die Fragezeichen. Die Ausrufezeichen. Er scheint ja an einigem gezweifelt zu haben, was den Mord an Agnes Ziegler betraf. Und weißt du was? Ich kann mir nicht helfen, aber mir kommt es so vor, als ob er irgendetwas gewusst hat. Etwas geahnt hat, und dann die plötzliche Versetzung nach Thalkirchen.«

»Ja, das ist mir auch schon durch den Kopf gegangen. Irgendwie hab ich es aber nicht wahrhaben wollen. Wenn er ein katholischer Pfarrer gewesen wäre ...«

»... dann hätte er vielleicht ein Beichtgeheimnis gehütet, das willst du doch sagen, oder? Aber so ... Nein.«

»Nein, Protestanten beichten nicht. Die kriegen nicht so leicht vergeben wie die Katholen«, grinste sie. »Die tragen schwerer an ihrer Schuld. Nichts mit *absolvo te* und alles ist vergessen.«

Dann sagte sie: »Vielleicht hat er ja doch ein Geheimnis gehütet, mein Vater?«

»Wir werden es nie erfahren. Schade.«

Es klingelte an der Haustür.

»Ach, das ist Berberich. Ist dir doch recht, wenn er zum Abendessen hierbleibt?«

»Der ist ein Netter, den kannst du immer mitbringen«, sagte Anna.

»Alles in Ordnung«, sagte der Kripochef beim Eintreten. »Morgen werde ich im Büro in Ludwigshafen viel Arbeit haben. Und das über die Osterfeiertage. Telefonate, Erkundigungen einholen über Samuel Tyler aus den USA. All diesen Kram. Und Gülay ist in Mutterschaftsurlaub. Gülay Ceylan-Schmitt ist meine Assistentin, sehr nett, sehr patent. Vorgezogener Mutterschutz wegen Komplikationen. Gesundheitliche Risiken für Mutter und Kind. Ich hätte sie gut gebrauchen können. Aber das Mutterglück geht vor. Ich bin zwar ein eingefleischter Junggeselle, aber dafür habe ich immer Verständnis.«

»Apropos Mutterglück«, sagte Gontard. »Wir haben das auch bald in unserer Familie. Unsere Tochter Lilli macht uns demnächst zu Großeltern.«

Nach Freudenbekundungen des familienfreundlichen Junggesellen Manfred Berberich setzte man sich an den Wohnzimmertisch.

»Ein Glas Wein gefällig?«, fragte Anna.

»Ehrlich gesagt, ein Bier wäre mir lieber«, war die Antwort.

»Und mir weder noch. Einen Kaffee brauche ich. Der passt am besten zum Zigarillo«, ergänzte Gontard schmunzelnd.

Während Anna den Kaffee zubereitete, fasste Gontard

zusammen, was er über Agnes Ziegler und die Familie Jungbluth erfahren hatte.

»Interessant«, war der Kommentar von Berberich. »Gibt es da Leichen im Keller der noblen Familie? Am Ende ist aber Samuel Tyler doch nur das Opfer eines Raubmords. Den Krokogeldbeutel haben meine Leute übrigens nicht gefunden«, lachte er. »Und auch nicht den Hotelschlüssel.«

»Und was machen wir mit dem Fall Agnes Ziegler?«, fragte Gontard.

»Den betrachten wir als das, was er ist: als unaufgeklärten und verjährten Mord«, antwortet Berberich.

»Ja, wie viele Fälle, die wir nicht gelöst haben. Es gibt unzählige davon in der Geschichte der Kriminologie. Ad acta gelegt. Und kein Hahn kräht mehr danach.«

»Karl Ziegler alias Charles Tyler, einer der Verdächtigen damals, ist ausgewandert. Seine Unschuld war erwiesen. Aber rehabilitiert?«, räsonierte Berberich.

»Und sein Sohn ist zurückgekommen. Ob das ein Zufall ist? Ach, apropos Auswanderung. Wir haben den Auswandererbrief noch nicht gelesen, den uns Wilhelmine Mack gegeben hat«, fiel es Gontard ein. »Soll ich ihn wieder vorlesen wie die Feldpost von Valentin Bosch auch?«

»Darf ich zuhören?«, fragte Anna, die mit Bier, Wein und Kaffee erschien. »Das ist ja wie im Krimi.«

Mit ihrem Weinglas stieß sie an Manfred Berberichs Bierglas und prostete ihrem Mann zu, der seine dampfende Kaffeetasse erhob.

»Auf Ihr Enkelkind«, sagte Berberich. »Ich freue mich für Sie beide.«

10. KAPITEL

Der Auswandererbrief

Primrose Farm, East Cherry Township,
Sullivan County, Pennsylvania.

Den 8ten Januar 1921.
Geliebtes Schwesterherz,
bin nun wohlbehalten angekommen in der Neuen Welt, vieles ist nicht anders wie in der Alten Welt. Die Farm von Onkel Jeremy ist in gutem Schuß. Ich muß überall helfen und tu es gern.

Früh um 4 raus, wie daheim. Nachts nicht vor 11 ins Bett, wie daheim. Harte Arbeit, hartes Brot, aber alles doch besser wie daheim. Dem Onkel Jeremy seine Frau Eve ist kränklich und weinerlich, alles nicht leicht, aber immer besser wie die Blicke und Worte voller Verachtung und Bosheit für die Häuslerin. Die Überfahrt auf dem Schiff war rauh, und ich hab mehrmals denken müssen, daß ich nicht lebendig ankomme. In Bremen sind wir losgefahren mit dem Schiff. Ich war auf dem Zwischendeck, 60 bis 70 Betten, alles eng beieinander, nicht leicht für eine Frau, die allein reist. Aber ich hab mich an eine liebe Familie angeschlossen, die Familie vom Schreiner Lander aus Kaiserslautern, die haben mich unter die Fittiche genommen. Es gilt immer wieder: wenn die Not am größten, kommt ein Engel und hilft zum Überleben. Und dem Bäcker Bauer sein Sohn Gabriel aus Kusel hat ein Auge auf mich geworfen und mich zur Frau haben wollen, aber ich hab ihn abgewehrt. Es waren an die 1200 Passagiere auf dem Zwischendeck, dann 1. und 2. Kajüte, aber die 1. Kajüte hat alles aufs Beste und Bequemste und die

2. Kajüte ist schon schlechter dran, Essen und alles, und auch weniger Gepäck, aber die 3. Kajüte-Passagiere werden nicht gezählt, die gelten nichts und unser gutes Essen von daheim war verdorben von der stickigen Hitze in den engen Räumen. Im Hafen von New York angekommen, waren die 1. und 2. Kajüter schon ausgeladen und an die Gepäckhalle gebracht worden. Die Gepäckstücke haben Männer untersucht, aber nur oben drauf, es waren zu viele Koffer. Und haben alles verladen auf ein neues Schiff nach Ellis Island, wo das Einwanderungszentrum ist, und ich hab die Statue gesehen von der Dame mit der Fackel. Und ich hab an den Engel gedacht, der wo von meinem Valentin geschaffen wurde. Aber die Freiheitsstatue hat ein anderes Gesicht gehabt wie ich als Engelsstatue. Heulen darf man hier nicht, geht allen gleich elend, aber wie die Fragerei auf Ellis Island vorüber war, war alles auf einmal leichter und mehr Hoffen auf ein besseres Leben. Der Onkel Jeremy hier auf der Farm ist ein lieber Mensch und geplagt mit der kranken Frau, aber er klagt nicht, obwohl er doch Jeremy heißt, das ist der klagende Jeremias in der Bibel und in der Alten Welt. Und die Eve ist mir dankbar, dieweil ich ihr gut helfe bei allem und gut koche wie daheim und auch dem Jeremy eine Hilfe bin auf dem Hof. Da ist noch einer, der auf dem Hof hilft, das ist der Keith Kleeburger, ein braver Mensch und auch nicht hässlich. Viele Pfälzer Leut sind hier herum angesiedelt, und ich lerne langsam die amerikanische Sprache. Die reden hier eine Mischung, viel Deutsch dabei, und ich werde mich schon daran gewöhnen. Ein amerikanisches Pfälzisch und anders wie bei uns daheim. Die Landschaft hier ist nicht so verschieden von daheim, gibt hier auch keine Klapperschlangen und Kojoten und Bären wie im wilden Westen. Bin froh darüber und macht mir weniger Heimweh. Doch manchmal kommt das Sehnen nach daheim über mich, dann backe ich einen Kuchen wie bei uns, und das hilft mir drüber weg.

Alles in allem: besser wie die Schande daheim und die bösen Menschen, die Familien Bosch und Jungbluth, die mir mit ihrer protestantischen Bosheit und Sturheit und dem Verteufeln von dem armen katholischen Mädchen das Leben sauer gemacht haben. Valentin war lieb, aber auch ein bisschen schwach, der Valentin. Ein Künstler eben. So ist es am Ende besser, daß alles so gekommen ist. Und der Gott, an dem ich immer mehr zweifle, aber sag es keinem, liebe Schwester, hat es vielleicht doch recht gemacht.

Grüß mir die Eltern, die an dir eine Hilfe bekommen. Und für dich selbst, liebes Schwesterherz, mein ganzes Flehen für eine bessere Zeit wie ich sie erlebt hab in der Alten Welt, mit Krieg und Not und Schmach und Schande. Und daß du mir das Grab von meinem kleinen Raffael gießen willst, das zeigt deine große Liebe zu deiner unglücklichen Schwester und zu dem lieben kleinen Kindchen, das unschuldig war und dennoch nicht leben durfte in dem grausamen Dorfe und so elend hat ersticken müssen an der schlimmen Krankheit. Bleib' mir treu ergeben auf immer und ewig, so wie ich dir auf immer und ewig treu ergeben bin.

Deine Schwester Katharina

Als der Vorleser geendet hatte, saßen Anna und Berberich stumm da. Keiner fand die richtigen Worte nach diesem Brief, der aus einer längst vergangenen Zeit stammte und die Gefühlswelt einer jungen Frau offenlegte, die nicht auf Rosen gebettet gewesen war. Der Brief einer zwar nicht gebildeten, doch klugen jungen Frau. Die antiquierte Ausdrucksweise, die »pfälzische Grammatik«, die zum Teil schwer zu entziffernde und fehlerhafte Schreibweise hatten dem Vorleser die Arbeit nicht leicht gemacht.

»Das arme Mädchen«, sagte Gontard nachdenklich. »Viel Liebe hatte sie zu geben. Sie hat sie vor allem ihrem Enkel gegeben. Und schon wieder der Name Jungbluth. So viele Jahre vor dem Mord an Agnes Ziegler, die für die Jungbluths gearbeitet hat.«

»Das lässt Sie nicht los, stimmt's, diese Verbindung zwischen den Generationen und den Fällen und den Familien«, konstatierte Berberich.

Gontard antwortete nicht.

Berberich ergriff das Wort: »Aber es wäre doch zu früh, zu den Jungbluths hinzugehen. Vielleicht stellt sich schon morgen heraus, dass der Mord an Samuel Tyler ein gemeiner Mord aus Habgier war. Wir finden einen Typ, der mit Dollarnoten um sich wirft. Oder mit Hundertmarkscheinen. Die hatte er doch im Krokogeldbeutel, wie der Wirt ausgesagt hat. Und der Geldbeutel ist weg. Der Mörder ist in eine dieser Spielhöllen gegangen, die es hier überall in der Kaiserslauterer Gegend gibt. In jedem Kaff.«

»Ja, das stimmt.«

»Und morgen muss das Nötige getan werden. Kleinarbeit. Wir kämmen alles durch. Und ich halte sie auf dem Laufenden, Chef.«

»Chef«, lachte Anna, »na so was.«

»Für mich ist er noch der Chef, wie vor fünfundzwanzig Jahren.«

»Und nun richte ich uns ein schönes Abendessen«, sagte der Chef.

»Und es wird nicht mehr über die Fälle geredet, versprochen?«, sagte Anna.

Die drei genossen ein gutes Vesperbrot, das Gontard zwanzig Minuten später auftischte. Das Versprechen wurde eingehalten.

11. KAPITEL

Gontards Traum

In dieser Nacht träumte Gontard, er befände sich auf einer Schiffsreise. Große Vögel, wie bei Hitchcock, umkreisten das riesige Schiff, auf dessen Deck sich viele abenteuerlich gekleidete Menschen befanden. Die Frauen trugen alle lange Kleider und hatten feuerrote Haare, in denen weiß leuchtende Blumen befestigt waren. Wie die Frauen auf einem Gemälde von Edvard Munch: gesichtslos und unheimlich.

Die Männer steckten alle in Uniformen. Sie trugen Pickelhauben auf dem Kopf und hatten gezwirbelte Schnurrbärte in der Manier von Kaiser Wilhelm. Die Vögel, gierige Möwen, schwebten bedrohlich über der Menge auf und nieder im Rhythmus des Wellengangs. Plötzlich schossen sie wie Torpedos auf die Menschen auf dem Deck hinab, hieben ihre Schnäbel in die Pickelhauben, die zerbarsten, als seien sie aus Glas. Sie versenkten ihre Krallen in den roten Haaren der kreischenden Frauen. Alle rannten in Panik wild durcheinander. Eine rettende Hand kam aus dem Nichts und führte eine der fliehenden Frauen aus dem Blutbad hinaus. Höher, immer höher, bis zum Bug des Schiffes, wo eine Stille herrschte, die unheimlicher schien als das angsterfüllte Lärmen der von der mörderischen Vogelschar attackierten Männer und Frauen.

Das Wort *Titanic* formte sich aus der Gischt des Meerwassers, das hochschlug und alles zu verschlingen drohte.

»Rette mich, Gontard«, rief die schöne Rothaarige. »Ich bin es Katharina.«

»Katharina hat schwarze Haare, du lügst«, sagte Gontard.

»Ich bin es Agnes.« Sie breitete die Arme weit aus. Der Mann, der hinter ihr stand, hielt die Schwebende fest. Wie im Kino, ging es durch den Kopf des Träumers. Das Paar, ich kenne es. Der arme Junge und das reiche Mädchen. Wie hießen sie noch mal, die beiden Schauspieler? Er kam nicht darauf. Du bist alt, uralt, Gontard, sagte er sich. Du vergisst Namen. Es lag ihm doch auf der Zunge. Auch eine Kate, oder? Die Frau entglitt den Armen des Mannes, wie ihm die Namen der beiden Schauspieler entglitten. Sie stürzt in die Fluten, ich muss sie retten, dachte der Träumer. Doch anstatt ins Meer hinabzustürzen, erhob sich die Frau, der urplötzlich Flügel wuchsen, schneeweiße puschelige Flügel, und sie stieg hoch und verschwand in der Wolkenwand. Eine Plastiklilie löste sich aus dem Haar der Schwebenden und fiel auf die Brust des Mannes, der auf dem Deck stand und ihr nachsah. Im Entschwinden drehte die schwebende Gestalt ihr Gesicht in Gontards Richtung. Es war das Gesicht des Jugendstil-Engels auf dem Friedhof. Der Mann da unten auf dem Deck stieß einen fürchterlichen Schrei aus, voller Todespein und Seelenschmerz. »Bleib bei mir, Agnes, bleib bei mir«, schrie er. Er fiel schwer auf die hölzernen Planken des Schiffsdecks. Gontard eilte zu dem Gestürzten hin. Große hellblaue Augen starrten ihn glasig an.

Gontard drückte beide Hände auf die Brust des Mannes, als wolle er ihn wiederbeleben. Mit einem Röcheln erwachte er und wurde von Anna, die ebenfalls wach geworden war, etwas unsanft aufgefordert, sich doch auf die andere Seite zu drehen und nicht wieder zu schnarchen.

»Wie heißt noch mal diese Schauspielerin aus dem Film *Titanic*?«, fragte Gontard. »Ich meine das reiche Mädchen, das den armen Jungen liebt.«

»Fragen stellst du mitten in der Nacht. Also wirklich! Kate Winslet.«

»Und er?«

»Oje, das ist gemein. Weiß ich gerade nicht. Irgendwas Italienisches. Ziemlich lang und pompös.«

Ärgerlich murrte sie: »Toll. Jetzt kann ich nicht mehr einschlafen wegen dem blöden Namen.«

Sprach es, wälzte sich auf die andere Seite und war Sekunden später wieder in tiefen Schlummer versunken.

Sie hat allmählich auch Probleme, sich Namen zu merken. Typisch fürs Älterwerden, dachte Gontard.

Und mit einem zufriedenen Lächeln auf den Lippen schlief auch er ein.

12. KAPITEL

Der Kindergrabstein

»Frohe Ostern können wir uns dieses Jahr nicht so richtig wünschen«, bedauerte Gontard. »Der Tod deiner Mutter im Januar. Der Mordfall von vorgestern.«

»Dieses Jahr nicht, aber freuen wir uns auf nächstes Jahr, wenn Lilli und Fabrice mit uns Ostern feiern und unser Enkelkind da ist. Wir holen alles nach«, erwiderte Anna, die fast immer Optimistische.

Plötzlich rief Gontard unvermittelt aus: »Ich hab's. Leonardo di Caprio.«

Anna schaute ihn entgeistert an. »Erste Zeichen von Senilität, mein Lieber? Was soll der Schauspieler an unserem Frühstückstisch?«

»Von wegen Senilität. Im Gegenteil. Mir ist der Name wieder eingefallen von heute Nacht. Erinnerst du dich nicht mehr? Du hast Kate Winslet erraten, aber nicht ihn. Den Liebhaber des reichen Mädchens aus *Titanic*.«

»Stimmt. Ich war im Halbschlaf. Aber wie kommst du mitten in der Nacht auf die beiden?«

Gontard erzählte ihr seinen Traum. Und um Annas Mund, die immer behauptete, sie träume ganz selten, spielte ein ironisches Lächeln.

»Aber in meinem Traum vermischen sich die beiden Fälle, oder?«

»Zufall«, sagte Anna, die Praktische. »Du interpretierst in alles eine Bedeutung hinein. Außerdem vermischt sich in Träumen immer alles.«

Gontard seufzte etwas beleidigt. Manchmal fühlte er sich von seiner Frau unverstanden.

Anna ging zum Tagesgeschehen über und sagte, dass sie nach dem Frühstück zum Friedhof ans Grab ihrer Mutter gehen würde.

»Aber nicht zum Blumengießen, das kannst du mir nicht weismachen«, erwiderte Gontard. »Es hat genug geregnet.«

»Ertappt. Stimmt. Gut, zugegeben. Aus purer Neugierde.«

»Und ich komme mit.«

»Aber doch nicht zum Grabgießen?«, konterte Anna.

»Zugegeben nein. Nun sind wir quitt.«

Der Friedhof war an diesem Karsamstag ungewöhnlich voll.

»Wie man sieht, gibt es noch andere von unserer Sorte«, flüsterte Gontard Anna ins Ohr, als er die Friedhofsbesucher, unter ihnen ungewöhnlich viele Männer, sah. Nach einem ungeschriebenen Gesetz des Dorfes war Grabpflege Frauensache, und dies nicht nur, weil die meisten Frauen ihre Männer überlebten und nicht umgekehrt. Einige Männer hielten sogar grüne Plastikkannen in den Händen.

»Gute Tarnung«, flüsterte Anna zurück.

Der Tatort war nicht mehr so großräumig abgesperrt wie am Vortag. Das weißrote Band umspannte einen kleinen Bezirk vor dem Familiengrab der Boschs.

Gontard und Anna traten an die Absperrung heran.

»Ganz genau habe ich die Namen und Daten auf den Grabsteinen nie gelesen«, sagte Anna.

»Daniel Bosch. Mathilde Bosch, 1912 und 1913 gestorben. Das sind wohl die Großeltern von Valentin. Für sie hat er den Grabstein mit dem Engel geschaffen. Und bald danach musste er in den Krieg.«

Anna entzifferte weiter: »Adam und Ernestine Bosch. 1939 und 1942 gestorben.«

»Die fromme Ernestine«, sagte Gontard.

»Ja, die pietistischen Eltern, die Katharina Mack das Leben zur Hölle gemacht haben. Weißt du, je mehr ich darüber nachdenke, desto mehr Erinnerungen kommen aus meiner Kindheit zurück. Meine Eltern haben sich mal über die Boschs und die Jungbluths folgendermaßen ausgedrückt: Denen hat ihr vieles Geld nichts genützt, auch nicht ihr Frommsein. Die Boschs sind ausgestorben. Und bei den Jungbluths, da war nur Unfrieden.«

»Ferdinand Bosch«, las Gontard. »Geb. 12. Januar 1898 gest. 24. Februar 1934. Wer ist das denn? Das müsste doch ein jüngerer Bruder von Valentin sein. Alt ist der auch nicht geworden. Nur sechsunddreißig Jahre alt.«

»Ich glaube, auch das hab ich gespeichert. Die komischen geflüsterten Worte meines Vaters und meiner Mutter. Er ist an einer Krankheit gestorben, über die man früher nicht laut gesprochen hat. Das erste Mal habe ich damals das Wort ›Bordell‹ gehört und ›leichte Mädchen‹. Und den geheimnisvollen Satz: ›Er hat sich in Kaiserslautern im Bordell‹ angesteckt.«

»Syphilis«, sagte Gontard.

»Ja, genau.«

Ich hab Mama damals gefragt: »Was ist ein leichtes Mädchen? Kriegt das nicht genug zu essen?« Mama hat die Hände vor den Mund gehalten und gesagt: ›Das ist noch nichts für Kinder.‹ ›So ein Schlag für die alten Boschs. Die haben ihre beiden Söhne überlebt. Ganz verbittert waren die‹, hat einmal unsere Hausangestellte von damals, die Rita, gesagt.«

Der Familiengrabstein mit den Namen dreier Generationen lag im Schatten der beiden Zypressen, überragt vom Engel mit dem kindlichen Gesicht. Dem Gesicht von Katharina Mack, der verachteten Häuslerin. Auf den Gräbern ringsum wurde eifrig geharkt und gezupft. Die Umrandungen aus dunklem Marmor wurden gefegt und poliert.

Gontard und Anna sahen sich leicht belustigt an: »Die Dorfrituale«, sagte Anna leise. »Unverändert. Hier ist die Zeit stehen geblieben.«

»Ein Segen, dass wenigstens dieses Familiengrab mit dem wunderschönen Engel erhalten geblieben ist neben all den modernen asymmetrischen Gebilden mit den kalten Grababdeckungen und mit den Kitsch-Engeln vom Gartencenter.«

»Gehen wir mal zur Mauer rüber, da sind noch einige alte Grabsteine erhalten, meistens von Kindergräbern«, schlug Anna vor.

Drei Grabsteine für Erwachsene aus der Gründerzeit lehnten an der Friedhofsmauer und zwei kleine Kindergrabsteine, wie man an den Engeln sah. Kleine Putti aus hellem Stein.

Raffael geb. 27.11.1914 gest. 2.1.1915

»Das Kind von Katharina und Valentin«, stellte Anna fest.

Der weiße Putto neigte den Kopf nach unten und streute steinerne Blümchen aus. Frische Blumen standen in einer Vase an die kleine Engelsstatue gelehnt.

»Wilhelmine. Sie pflegt das Grab«, sagte Anna. »Trotz ihres hohen Alters.«

»Was Samuel Tyler wohl bewegt hat, nach all den Jahren in die Heimat seiner Großmutter zu kommen?«, fragte sie ihren Mann.

»Amerikaner entwickeln oft in mittleren Jahren so eine Nostalgie nach dem Land ihrer Vorfahren. *Back to the roots.* Sie betreiben Ahnenforschung, erstellen Familienstammbäume, solche Dinge. Per Computer ist das leicht heutzutage.«

Die Gontards schauten noch kurz am Grab von Annas Mutter vorbei und verließen den Friedhof, gefolgt von neugierigen Blicken.

Am Abend kam ein Anruf aus Ludwigshafen. Berberich erstattete Bericht. Seine Leute hatten alle Spielhöllen durchkämmt und zwei verdächtige Personen verhört, die mit Dollarnoten um sich geworfen hatten. Doch ihre Alibis waren unumstößlich.

Als Antwort auf diese Mitteilung sagte Gontard, als habe er mit keiner anderen Information gerechnet: »Ich fahre übrigens nicht wie geplant nächste Woche mit meiner Frau zurück nach Hohenkirch. Anna muss in den Odenwald zurück, weil sie noch viel zu korrigieren hat und auch im Haus und im Garten nach dem Rechten sehen will. Ich schaue hier nach dem Rechten.«

»In Haus und Garten?«, frotzelte Berberich.

»Ja, auf dem Friedhof werde ich das Grab gießen, es soll ja sommerlich heiß werden«, konterte Gontard mit gespieltem Ernst. »Frohe Ostern, und bis Ostermontag spätestens? Da kommen Sie hier vorbei und bringen doch hoffentlich Neuigkeiten von unseren Kollegen aus den U.S.A. mit?«

»Auch für Sie beide frohe Ostern. Trotz allem.«

13. KAPITEL

Osterspaziergang

Der Ostersonntag kündigte sich mit strahlendem Sonnenschein an.

»Ich vermisse Belami und das Katerchen«, sagte Gontard.

»Die zwei vermissen uns aber nicht. Rosa Brehm verwöhnt den Hund. Und Katzen ist es sowieso egal, wer ihnen das Leben schön und gemütlich macht.«

Nach dem Frühstück sagte Gontard plötzlich: »Du, ich war noch nie an der Mühle unten. Ist ja auch ein ganz schönes Stück vom Dorf ab.«

»Mit anderen Worten: gehen wir doch mal hin, wir zwei.«

»Genau.«

Die Mühle lag versteckt hinter einer Rosskastanienallee, ein imposantes Gehöft im typischen Stil der Herrengebäude und feudalen Bauernhöfe der Westpfalz. Es gab ein großes Wohnhaus, die Mühle selbst und zahlreiche Stallungen außen herum.

Das Anwesen war so abgeschottet, dass man nur über einen Schleichweg, einen ganz schmalen Pfad, den Anna noch aus Kindertagen kannte, in die Nähe der Mühle gelangte. Die Heimlichtuerei war Anna etwas peinlich.

»Mit Belami hätten wir einen triftigen Grund gehabt, hier herumzustöbern«, sagte Anna: »Hunde sind das beste Alibi für unbefugtes Schnüffeln in fremdem Revier.«

Die Trauerweiden, Pappeln und Kastanienbäume ließen keinen Sonnenstrahl durchschimmern und schienen jegliche Frischluft von diesem feuchten Gelände fernzuhalten. Bach und Mühlrad schufen ein Ambiente von morbider Nostalgie. Der Geruch von modrigen Pflanzen, Schachtelhalmen und giftigen Beeren lag bedrückend über dem durchnässten Pfad. Kein einziger Tropfen des Wolkenbruchs vom Karfreitag hatte die Chance gehabt, in dieser finsteren und lichtlosen Ecke getrocknet zu werden. Es bewegte sich etwas unterm feuchten Gras. Anna, die unter einer ziemlich ausgeprägten Schlangenphobie litt, umklammerte den Arm ihres Mannes.

»Da ist nichts, wovor du Angst haben müsstest«, beruhigte er seine Frau.

In diesem Moment zerriss ein markerschütternder Schrei die unheimliche Stille des Mühlengrunds. Die beiden Spaziergänger blieben wie angewurzelt stehen. Dem Schrei folgte ein Weinen, ein Schluchzen, dann vernahm man die raue schimpfende Stimme eines Mannes. Eine zweite Frauenstimme war zu vernehmen. Es klang, als wolle sie besänftigen und einen Streit schlichten.

Es war seltsam. Man konnte kein einziges Wort verstehen. Da war nur dieses Gezeter, die verzweifelte Frauenstimme, die wütende Männerstimme, die beschwichtigende Stimme der anderen Frau. Dumpf und wieder schrill klangen die Stimmen, die vom Wohnhaus zu kommen schienen. Da war das vage Gefühl von Unfrieden und Zwist, von Zank und Unglück.

»Mir zuliebe«, konnte man auf einmal hören. »Mir zuliebe.« Das musste die Streitschlichterin sein. »... vor unserem Herrgott nicht versündigen ...«

Mehr als diese dürftigen Wortfetzen konnten die beiden unfreiwillig Lauschenden nicht ausmachen. Sie schämten sich. Sie kamen sich vor wie Voyeure. Diese Szene war nicht für ihre Ohren bestimmt. Sie wagten nicht, weiterzugehen, als habe man sie in Bann geschlagen.

»Die Frauen kenne ich«, sagte Anna. »Das sind, wenn ich

mich nicht irre, Gerda und Hedda. Hedda, Johannes' Schwester, der so schrecklich ums Leben gekommen ist in den fünfziger Jahren. Und der Mann ist Richard, der Besitzer der Mühle. Gerda ist seine Frau.«

Die Fenster waren geschlossen worden, denn plötzlich verstummten die Stimmen, als habe es nie Streit gegeben.

»Wieder mal Zoff, die Alten«, vernahm man die Stimme eines jungen Mannes. »Ich bin dann mal weg, Salome«, hörte man den jungen Mann weiter sagen. Das Geräusch eines schweren Motorrads, das gestartet wurde, ließ Anna und Gontard hochschrecken.

»Bleibt einem ja nichts anderes übrig, Tobias«, entgegnete die junge Frau.

Die Gontards gingen langsam weiter. Die Trauerweiden am Bach gaben hier den Blick frei auf den Innenhof der Mühle, besser gesagt auf den gepflasterten Weg vor einem Stall. Eine sehr junge Frau, eher ein Mädchen im Reitdress schwang sich auf ein braunes schlankes Pferd. Sie bemerkte nicht, dass sie beobachtet wurde, und dennoch schien es, als werfe sie kokett den Kopf in den Nacken wie eine Schauspielerin, die für ein Publikum agiert. Die Reiterin war etwa achtzehn Jahre alt und schön anzusehen mit ihrem schwarzen Lockenhaar und ihrer zierlichen Figur. Sie trug keinen Reithelm, und man hatte das Gefühl, dass dies aus Eitelkeit geschah.

»Das ist die Tochter von Gerda und Richard Jungbluth«, flüsterte Anna. »Und Tobias ist der Bruder.«

»Glaubst du an die Manen?«, fragte Gontard.

»An die bösen und die guten Geister, die in Häusern wohnen und das Schicksal der Menschen in diesen Häusern bestimmen? Aber nein. Daran haben die alten Römer geglaubt. Ich glaube nicht daran. So ein Unsinn.«

Das Klappern von Pferdehufen näherte sich. Sie konnten

gerade noch rechtzeitig zur Seite springen, als die junge Reiterin an ihnen vorbeiritt, ohne sie zu beachten.

»Weißt du noch, wie du Lilli abends immer aus *Krabat* vorgelesen hast? Da war sie ungefähr zehn Jahre alt, und *Krabat* war ihre Lieblingslektüre. Und sie hat gefragt, ob die Mühle aus *Krabat* die Mühle in Schwanweiler war. Das alles fällt mir jetzt ein«, sagte Gontard.

»Ja, und ich hab damals geantwortet: natürlich nicht. Heute wäre ich mir da nicht mehr so sicher.«

»Schwarze Magie ist hier weniger im Spiel. Eher die altbekannten menschlichen Leidenschaften. Hass. Neid. Gier? Komm, Anna, wir gehen von hier weg. Mir ist schrecklich kalt.«

Er führte Anna behutsam aus der modrigen Düsternis hinaus auf einen sonnendurchfluteten halbwegs trockenen Grasweg, der sich in Mäandern hoch zum Dorf schlängelte. Gleichzeitig blieben sie stehen und atmeten ganz tief durch.

»Schön ist sie, deine westpfälzische Heimat«, sagte Gontard und zeigte auf die Hochebene mit den goldenen Rapsfeldern vor ihnen. »Hier, meine ich, in der Nachmittagssonne. Nicht in dem finsteren Tal da unten.« Und er deutete auf die Mühle, die nun fast friedlich wirkte. Keine streitenden Stimmen. Nur Stille.

Am Abend klingelte sehr spät das Telefon. Manfred Berberich hatte Neuigkeiten.

»Meine Leute haben da doch noch etwas entdeckt. In der Nachttischschublade im Hotelzimmer lag ganz hinten ein ganz kleines Notizbuch. Da gab es den Vermerk, wen Samuel Tyler in Schwanweiler besuchen wollte.«

»Wilhelmine Mack. Das wissen wir, und wen noch?«

»Da stand: *Family Jungbluth* und: *Promise to Dad.* Neben dem Namen von Wilhelmine Mack stand zu lesen: *Promise to*

Granny Kate. Wir warten den Ostermontag ab, ich habe da eh noch einiges zu erledigen hier im Büro. Ich guck mir die Akte des verjährten Mordes an Agnes Ziegler an. Bis Dienstag dann. Ist bei Ihnen auch so schönes Osterwetter? Wir haben in Ludwigshafen neunundzwanzig Grad.«

»Hier in der Westpfalz ist es ein bisschen weniger. Raueres Klima. Aber sehr sonnig. Wenn man nicht gerade an der düsteren Mühle rumspaziert. Davon erzähle ich Ihnen dann nach den Feiertagen. Einen schönen Feiertag noch.«

Gontard trat ans Fenster und schaute in den Garten hinaus.

Na, endlich hat er angebissen, dachte er. In seinem Blick lag so etwas wie Genugtuung.

14. KAPITEL

Liebe

Ich sitze hier am Fenster und schreibe. Schreiben macht mir den Kopf klar. Es beruhigt mich, tut meinen Nerven gut. Es musste geschehen, was geschehen ist, und ich bereue nichts.

Ich bin das Werkzeug Gottes und daher ohne Schuld. Denn wie heißt es im 1. Buch Genesis: *Und Gott sah, dass es gut war.*

Vor der Welt stünde ich sündig da, diese Liebe dürfte nicht sein. Als sei es gestern erst gewesen, so sehe ich sie vor mir. An jenem Juniabend. Ursprünglich ein heidnischer Brauch, das Johannisfeuer. Nicht besser als die Sommersonnenwende. Ich wollte nicht hingehen. Die läppischen Dörfler, die an alten Bräuchen festhalten. Es war ihr Haar, das mich faszinierte. Verhexte. Von Anfang an. Ich sah die Augen der anderen, die wie ich fasziniert waren von diesem Haar, das im Schein des Feuers leuchtete wie Kupfer. Nichts blieb meinen Augen verborgen, aber ich musste meine geheimen Gedanken und meine Wünsche verhehlen. Niemand konnte ahnen, was da in mir brannte, heller und heißer als das Johannisfeuer.

Bei Gott sind alle Dinge möglich, so heißt es im Matthäusevangelium. Auch diese Liebe wäre möglich gewesen. Aber nicht damals, nicht zu meiner Zeit. Die Worte des Hohelieds des Salomo gingen mir durch den Kopf, als ich sie da sah mit ihrem Haar, das im Schein der Feuerglut glänzte wie Kupfer.

Siehe, meine Freundin, du bist schön. Siehe, schön bist du.

Keiner sah meine begehrlichen Blicke damals beim Johannisfeuer. Keiner außer einem und später war es noch einer. Der Pfaffe ist damals weggezogen. Er wusste, warum. Wie erleichtert ich war. Sie sterben aus hier im Dorf, die noch eine Erinnerung haben an das, was damals geschah. Keine Schuld trifft mich, keiner soll mir schaden. Wie heißt es im Evangelium des Johannes?

Wer ohne Sünde ist, der werfe den ersten Stein auf mich.

Ich sehe sie vor mir. Meine Schwester, meine Braut.

Sei mir gnädig, Gott, sei mir gnädig. Denn auf dich baut meine Seele.

15. KAPITEL

Samuel Tyler

Anna war nach Hohenkirch abgereist. Am Freitag würde sie wiederkommen und dann mit ihrem Mann zusammen am Sonntagabend in den Odenwald zurückkehren. Mit der Auflösung des Haushalts ihrer Mutter würde sie noch eine Weile zu tun haben.

Der Mordfall in Schwanweiler stellte sich als ein Grund mehr heraus, den Verkauf des Bungalows nicht zu überstürzen, denn Anna kannte ihren eingefleischten Kriminologen gut genug, um zu wissen, dass er nur allzu froh darüber war, hier im Haus der verstorbenen Schwiegermutter wohnen zu können. Sie zweifelte sehr daran, ihn am Samstag oder Sonntag schon nach Hause locken zu können, wenn der Fall beziehungsweise die beiden Fälle bis dahin nicht abgeschlossen wären. Und es war eher unwahrscheinlich, dass ein so lange zurückliegender Mordfall wie der an Agnes Ziegler und der aktuelle Fall, bei dem das Motiv noch völlig im Dunkeln lag, in einer Woche gelöst werden konnten.

Es klingelte, als Gontard gerade beim Abräumen des Frühstückstischs war. Manfred Berberich stand vor der Tür.

»Kommen Sie rein, ich hab noch etwas Kaffee übrig. Möchten Sie eine Tasse?«

»Gern«, erwiderte der Kripochef. Er war etwas einsilbig.

»Welche Laus ist Ihnen denn über die Leber gekrabbelt?«, wollte Gontard wissen.

»Zwei Läuse eigentlich. Erstens fiebere ich mit meinem Fußballclub mit. Mein Club, meine große Leidenschaft.«

»Das ist, soweit ich mich erinnere, der 1. FSV Mainz 05, stimmt's?«

»Ja. Gutes Gedächtnis. Vor allem für einen, der die Roten Teufel unterstützt«, grinste Berberich.

»Ehrlich gesagt, der 1. FC Kaiserslautern ist nur mein 2. Favorit, meiner Pfälzerin Anna zuliebe und weil ich in Ludwigshafen Kripochef war. Aber eigentlich bin ich da immer hin- und hergerissen zwischen den Roten Teufeln und der Frankfurter Eintracht, da stammt halt meine Familie her. *Back to the roots.*«

»Apropos, da wären wir bei Samuel Tyler. Diesbezüglich ist mir die zweite Laus über die Leber gekrabbelt. Gestern spätabends hatten wir noch mal eine überraschende Festnahme. Ein Mann, der sich vor Ostern in Schwanweiler aufgehalten hatte nach Aussage von einigen Leuten und der danach viele Dollars und Markscheine ausgegeben hat in einer Bar in Landstuhl. Dann hat er aber doch ein felsenfestes Alibi aus dem Hut gezaubert. Er war die ganze Zeit über in einem Bordell gewesen in der Nacht auf den Karfreitag bis morgens halb acht.«

»Durchhaltevermögen, Respekt«, lachte Gontard. »Glauben Sie eigentlich immer noch an einen Raubüberfall?«

Berberich schüttelte den Kopf:

»Ehrlich gesagt: nein. Wir haben ja jetzt noch eine Spur. Die Notizen von Samuel Tyler. Die Leute, die er besuchen wollte. Aus Amerika sind folgende Informationen eingetroffen: Tyler hat mit seiner Großmutter Katharina auf einer kleinen Farm zusammengelebt. In East Cherry Township, Pennsylvania. Das war die Farm, die sie von Onkel Jeremy geerbt hat, die ihr verstorbener Mann bewirtschaftet hat und danach der Vater von Samuel, Charles Tyler alias Karl Ziegler. Samuel war unverheiratet. Schwer, eine Frau zu finden für die harte Arbeit auf einem Bauernhof. Er hat die Farm 1976 verpachtet und für sich und seine Großmutter, die vierzehn Jahre später gestorben ist, das Wohnrecht erwirkt. Er hat 24 Jahre bei *Linsmayer and Sons* gearbeitet, einem Großhandel für landwirtschaftliche Geräte und Zubehör. Er war als fleißiger und unauffälliger Arbeiter bekannt. Bescheiden, still. Zweimal im Monat ging er regelmäßig zu den Treffen im Country Club *Edelweiß*, das ist ein Club für Deutschamerikaner, die da ein bisschen Heimatpflege betreiben.«

»Mit Bier, Bratwurst, Sauerkraut, Blasmusik und Bedienungen im Dirndl?«, fragte Gontard. »Harmlos und ein bisschen naiv, wie das so ist drüben?«

»Wahrscheinlich. Auf jeden Fall hat er zwar keinen Freundeskreis gehabt, war eher ein Einzelgänger, aber Feinde scheint er auch nicht gehabt zu haben.«

»Und die wären ihm kaum nach Deutschland gefolgt, sondern hätten ihn daheim ins Jenseits befördert.«

»Na ja, die Crime Rate in den U.S.A. Stimmt. Auf jeden Fall hat ihn Linsmayer sehr geschätzt und bei der Polizei ein wahres Loblied auf ihn gesungen. Er bedauert, dass er ihn verloren hat. Samuel Tyler soll vor der Reise einmal gesagt haben, dass er ›daheim‹ was zu erledigen habe, was Wichtiges. Er habe jetzt genug gespart für die Reise nach Deutschland. Das war alles, was Linsmayer oder sonst wer gewusst hat.«

Gontard gab einen kurzen Bericht über seinen gestrigen Spaziergang mit Anna zur Mühle hinunter und ihr unfreiwilliges Belauschen der hässlichen Szene.

»Jungbluth. Der Name im Notizbuch. Er wollte was erledigen, und ein Besuch in der Mühle hat dazugehört. *Promise to Dad*. Das muss er lange mit sich rumgeschleppt haben, das Versprechen. Sein Vater ist schon lange tot. Seit den siebziger Jahren. Der war kein Reicher, der Samuel Tyler, der hat arbeiten müssen. Hat sein Geld gespart für die Mission in der Alten Welt.«

»Ja, das leuchtet ein.«

Während sie zusammen gemütlich ein Zigarillo rauchten, gab Berberich eine Zusammenfassung des Falls, der vielleicht der Schlüssel zum Mord an Samuel Tyler war.

16. KAPITEL

Karl Ziegler

»Ich habe dummerweise die Akte auf meinem Schreibtisch liegen gelassen. Unverzeihlich. Aber wenn ich mit meinem Fußballclub mitzittere, bin ich nicht zurechnungsfähig«, entschuldigte Berberich sich. Der Lapsus war ihm sichtlich sehr peinlich.

»Also, Agnes Ziegler wurde in den frühen Morgenstunden des 3. März 1949 von ihrem Bruder im Wald aufgefunden. Sie wurde erdrosselt. Da er in der Mühle arbeitete wie seine Schwester Agnes und sie nicht wie sonst um 5 Uhr morgens an seiner Tür erschien, um ihn zu wecken, hatte er sich beunruhigt auf den Weg gemacht, um sie im Wald zu suchen. Sie war weder in ihrer Gesindekammer oben unterm Dach noch in der Waschküche noch in der Küche. Die Herrschaften wollte er so früh nicht wecken, auch nicht die Köchin und nicht die beiden Müllerburschen, die erst Viertel vor sechs aufstanden.«

»Ein feudaler Haushalt, und das immerhin noch im Jahr 1949, nach dem Krieg«, unterbrach Gontard Berberichs Bericht.

»Ja, das Müllergewerbe war ein stolzes Ständesystem, und soviel ich weiß, ist die Mühle der Jungbluths bis in die achtziger Jahre hinein in Betrieb gewesen«.

»Von Anna weiß ich, dass die Jungbluths kluge Verwalter waren, wenn man es positiv ausdrücken möchte, die rechtzeitig ihre Schäfchen ins Trockene gebracht haben. Man munkelt von lukrativen Spekulationen Richard Jungbluths, von Aktien und schlauen Geldanlagegeschäften«, sagte Gontard.

»Und negativ ausgedrückt?«

»Durchtriebene Schläue und ein Wort mit vier Buchstaben«, erwiderte Gontard.

»Geiz?«

»Ja. Die Leute im Dorf, auch das weiß ich von Anna, erzählen sich unglaubliche Geschichten vom Geiz Richard Jungbluths, der übrigens auch als sehr fromm gilt. Er ist in die Fußstapfen seines Vaters und Großvaters getreten. Presbyter, also Kirchenältester. Dazu einer, der gegen Katholiken unerbittlich ist.«

»Und das im Zeitalter der Ökumene«, sagte Berberich. »Und in einem Zeitalter, wo Religion doch keine große Rolle mehr spielt bei uns hier. Sollte man meinen. Aber weiter im Fall Ziegler. Karl Ziegler geriet in Verdacht, seine Schwester umgebracht zu haben, weil ein Zeuge einen schlimmen Streit mitangehört hatte zwischen den Geschwistern. Demnach hat Karl Ziegler seiner Schwester gedroht, mit allen Mitteln zu verhindern, dass sie ihr schändliches Verhältnis fortsetzt. Karl Ziegler hat nie offen gesagt, was er damit gemeint hat. Es war bekannt, dass Johannes und Agnes ein Liebespaar waren, ein mehr oder weniger heimliches. Karl Ziegler aber leugnete, Johannes Jungbluth gemeint zu haben. Da war eine andere Sache, behauptete er beharrlich, aber er nannte keinen Namen. Für einige Tage galt er als Hauptverdächtiger, aber es war festgestellt worden, dass Agnes Ziegler nicht erst am Morgen, sondern schon am späten Abend erdrosselt worden war. Für diese Zeit, für die ganze Nacht hatte Karl Ziegler ein Alibi, das konnten die Müllerburschen und einige Dorfbewohner glaubwürdig bezeugen. Ein durchreisender Obdachloser, wie es ja nach dem Krieg viele gab, ein Entwurzelter, war kurz danach festgenommen worden, aber auch er wurde freigelassen. So ließen die damaligen Kripobeamten den Fall ruhen und legten ihn zu den Akten der ungelösten Mordfälle. Was der Grund für das Desinteresse war? Oder für die Schlamperei? Es gab damals fast zeitgleich diesen Serienmörder an der Haardt, der drei wohlhabende Frauen bestialisch ermordet hat. Was war dagegen ein einfaches Dienstmädchen? Es gab damals in Schwanweiler viel Gerede. Die Leute murrten, waren unzufrieden. Es gab einen gepfefferten Leserbrief in der *Rheinpfalz,* worin ein demokratisch gesinnter Bürger die Blindheit der Justiz beklagte, die ein Auge zudrückte, wenn es um die Wahrheit ging und sogenannte bessere Leute ungeschoren davonkamen, auch wenn sie in kriminelle Machenschaften verstrickt waren.«

»Das war die Adenauerära. Die habe ich zur Genüge kennengelernt mit ihrer Heuchelei. Das fromme Getue. Der Standesdünkel und natürlich auch das Verdrängen der braunen Vergangenheit«, sagte Gontard. »Ich könnte Ihnen viel davon erzählen. Das aber ein anderes Mal.«

Er fügte hinzu: »Es spricht aber für die Presse, dass der Leserbrief damals gedruckt wurde.«

»Ja, und er spricht Bände. Da war wohl ein ehrenwerter Bürger im Spiel, und der Verfasser des Leserbriefs hat nur das formuliert, was viele dachten«, folgerte der Kripochef.

»Wie auch immer, Karl Ziegler war ein freier Mann, aber es hielt ihn nicht mehr in dieser Gegend, wo sein Ruf beschädigt war. Und er hat dann in Amerika ein Mädchen geheiratet, dessen Mutter aus dem gleichen Dorf stammte, aus dem er gerade geflohen war. Beide waren in Bitterkeit ausgewandert. Katharina Mack, die Schwiegermutter, und Karl Ziegler, der Schwiegersohn. Eine große Gemeinsamkeit verband sie miteinander.«

»Und der Sohn und Enkel Samuel Tyler kommt nach so vielen Jahren zurück in dieses Dorf und will seinen Wurzeln nachspüren.«

»Nur seinen Wurzeln?«

»Ich bin neugierig auf diese Familie Jungbluth«, sagte Berberich. »Auf den gottesfürchtigen Richard Jungbluth.«

»Und nicht nur auf ihn«, stimmte Gontard ihm zu.

Die gestrige Szene ging ihm nicht aus dem Kopf.

Nun würde er den Akteuren, deren Stimmen er schon kannte, von Angesicht zu Angesicht gegenübertreten.

17. KAPITEL

Eine Familie

Die Mühle war heute in hellstes Sonnenlicht getaucht.

Zu diesem späten Ostertermin waren dieses Jahr die Narzissen schon verblüht. In einem Beet standen Tulpen in voller Pracht. Üppige Pfingstrosenbüsche, deren Knospen sich schon hellrosa und purpurrot zu öffnen begannen, säumten den Eingang zu dem Gehöft, das am Tag vorher, von der Rückseite besehen, einen solch tristen und geradezu unheimlichen Anblick geboten hatte. Neben dem alten Hoftor, über dessen großer Sandsteinrundung ein Zunftsymbol und die Jahreszahl 1749 eingraviert waren, nahm man am Bach ein großes Mühlrad wahr. Zu keiner Funktion mehr fähig, wurde an diesem Relikt einstiger Betriebsamkeit festgehalten. Gontard, der kunsthistorisch Interessierte, registrierte dies als positives Zeichen. Die beiden Männer traten in den Hof ein, und sie erblickten noch weitere nun überflüssig gewordene Geräte und Gebäudeteile. Eine großzügige Rampe, Lasten- und Flaschenzüge, Stallungen.

»Edler Verfall«, konstatierte Berberich. »Traurig irgendwie. Geldmangel?«

»Ich tippe eher auf Geiz, nach allem, was ich von Anna weiß. Die Jungbluths scheinen nicht am Hungertuch nagen zu müssen.«

Ein Rosenstock, schneeweiß, der an der Wand von Natursteinen hochwuchs, begann schon zu blühen. Einige der vielen Sandsteintröge entlang des alten Gemäuers waren mit weißen Tulpen bepflanzt. Da schien sich jemand um die Blumen zu kümmern. Jemand, der die Farbe Weiß liebte. Ein riesiger

Hund, sehr zottelig und wollig und ebenfalls weiß, kam auf die beiden Besucher zugerannt. Er sprang sofort auf Gontard zu und leckte ihm die Hände. Mit sicherem Instinkt hatte das Tier den Hundefreund erkannt. Gontard lachte, denn nichts freute ihn so sehr wie die Zuneigung eines fremden Hundes. Er sieht aus wie unser Willi selig, der nun schon seit sieben Jahren tot ist, dachte er. Diesem Treuesten aller Treuen trauerte er immer noch nach, obwohl Belami ein lieber Nachfolger geworden war.

»Wo bist du, Rex?«, rief eine Männerstimme vom Erdgeschoss des Hauses her. Im gleichen Moment vernahm man von oben her eine jammervolle Frauenstimme, die Unverständliches schrie.

Gontard wurde jäh an die gestrige Szene erinnert, als er mit Anna den modrig riechenden Pfad entlanggegangen war. Diese Frauenstimme aber klang anders als die gestrigen beiden. Es war die Stimme einer sehr alten Frau, brüchig und hoch.

»Halina, wo bist du?«, rief der Mann, der eben nach seinem Hund gerufen hatte. Es klang diesmal verärgert und streng. »Geh rauf zu ihr. Vielleicht ist sie wieder aus dem Bett gefallen.«

Eine Frau antwortete: »Ich geh schon nach oben.«

Dies war das Haus der vielen geheimnisvollen Stimmen.

Rex trottete gemächlich und freudig mit dem Schwanz wedelnd ins Haus zurück. Angst scheint er nicht vor seinem Herrn zu haben, dachte der Tierfreund Gontard beruhigt.

Der Hund sprang an seinem Herrn hoch, der ihm das Fell kraulte. »Schon gut, Rex«, sagte er. »Bist mein Guter.«

Dann rief er den beiden Männern entgegen: »Was wollen Sie auf meinem Grundstück?«

Der Mann, offenbar der Hausherr, war mittelgroß und untersetzt, mit leicht welligem dunkelgrauem Haar. Er trug lederne

Kniebundhosen und eine Lodenjoppe über einem rotkarierten Hemd, dazu sehr derbe Schuhe. Haferlschuhe sagen die Bayern, dachte Gontard. Sogar im Outfit einiger Pfälzer merkt man noch, dass die Pfalz hundert Jahre lang zu Bayern gehört hat. Jungbluths Gesicht war leicht gerötet, wohl von der Erregung über Halina oder die beiden Eindringlinge, die es wagten, sein Grundstück zu betreten. Oder über beides.

»Wer sind Sie?« Die Frage kam überaus barsch und unfreundlich.

Berberich stellte sich und Gontard vor und zeigte seinen Ausweis.

»Ach, dann sind Sie der Schwiegersohn der Pfarrerswitwe, die im Winter gestorben ist? Von Ihnen hab ich schon mal gehört. Ein Kriminaler.«

Der abfällige Unterton war unüberhörbar.

Die Jungbluths hatten ein gespanntes Verhältnis zu diesem Pfarrer gehabt, der ihnen nicht fromm genug gewesen war. Zu liberal und zu ökumenisch, ein Katholikenfreund.

»Und weshalb bemüht sich die Kripo hierher auf meinen Grund und Boden?«

»Sie können uns vielleicht helfen mit einer Auskunft. Wir müssten Ihnen dazu aber vorher ebenfalls einige Informationen geben«, erklärte Berberich.

Der unausgesprochene Nachsatz: »Und das alles wäre einfacher, wenn Sie uns ins Haus bitten würden« wurde offenbar vom Mühlenbesitzer verstanden. Missmutig und mit einer gönnerhaften Handbewegung ließ er die beiden Männer eintreten.

Von der Helligkeit im Hof und der sonnigen Atmosphäre von eben noch ganz geblendet, betraten die beiden Ermittler nun eine dunkle Höhle. Gontard blinzelte und kam sich vor wie ein blinder Maulwurf, der sich seinen Weg ertasten muss.

Die Diele war mit allerhand Mobiliar rechts und links zugestellt: mit zwei Schirmständern, einer monumentalen Garderobe mit Spiegel, einem langen sperrigen Vertiko, auf dem mehrere Vasen mit staubigen Kunstblumen standen. Alle Möbel stammten aus der Gründerzeit.

Aus der zweiten Renaissance stammten auch die Möbel im Wohnzimmer, in das sie widerwillig vom Hausherrn geführt wurden. Schwarzgebeizte Schränke, ein schwerer dunkler Tisch mit gedrechselten Beinen, schwere Sessel mit abgeschabtem Samt oder Lederpolstern und dichte Vorhänge in verblasstem Purpurrot, verziert mit Troddeln und Schabracken, verliehen dem Raum die Ausstrahlung einer Gruft. Ein Geruch von Staub erfüllte den riesigen Raum mit der hohen Stuckdecke. Gontard fasste sich unwillkürlich an die Kehle. Er konnte kaum atmen, und ein kurzer Blick zu Berberich bewies, dass es ihm ähnlich erging.

Die Geweihe an den Wänden und die ausgestopften Tiere auf kleinen Podesten verstärkten den Eindruck, dass man sich hier in einer Art Mausoleum befand. Tod und Verfall, dachte Gontard.

Wer war der edle Waidmann, der all diese Tiere erlegt hatte? Der christliche Richard Jungbluth oder sein noch christlicherer Vater? Gontard nahm mehrere Jagdgewehre wahr, malerisch an der Wand drapiert.

Das Ticken einer Standuhr, ebenfalls aus schwarzgebeiztem Holz, erinnerte Gontard daran, dass er nicht aus der Zeit gefallen, sondern mit einer konkreten Absicht hierhergekommen war.

Zögerlich wies Jungbluth den Männern Stühle an. Er machte keinerlei Anstalten, den beiden etwas anzubieten, wie das zumeist der Fall war, wenn sie zu Befragungen gingen.

Der pure Geiz, dachte Gontard.

Der Kripochef schilderte knapp und präzise den Grund seines Hierseins.

»Es wurden Namen in einem Notizbuch gefunden bei dem Toten an der Engelsstatue«, erklärte er. »Und Ihr Name war darunter.«

»Und wer war der Tote? Was habe ich mit einem fremden Toten zu schaffen?«

»Er war Amerikaner, und sein Name war Samuel Tyler.«

Jungbluth lachte voller Hohn. Er machte dazu eine wegwerfende Bewegung.

»Ein Ami? Das hätte mir ja gerade noch gefehlt. Die Amis sind nicht meine Freunde. Unsere Befreier. Die haben nach dem Krieg hier die gesamte Westpfalz besetzt. Und verschandelt. Alle Jagdgründe mit Stacheldraht eingezäunt. Truppenübungsplätze, Flugplatz. Ramstein, Baumholder, Kaiserslautern. Und nicht nur da. Dann die Spielhöllen. Die Bordelle. Klein Amerika überall. Und die Weiber sind ihnen scharenweise nachgerannt. Alles Huren. Und überhaupt: Werkzeuge des Teufels, die Amis. Mit ihrem Präsidenten, dem verluderten Oberhurenbock.«

Breit grinsend fügte er hinzu: »Ich sage nur: Monica Lewinsky. Praktikantin. Klingt polnisch, oder? Kein Wunder. Na ja, er wird nun bald sein Treiben einstellen müssen. Aber zu Ihrem Ami. Wie hieß er noch?«

»Samuel Tyler.«

»Nie gehört. Ich geb mich nicht mit Amis ab.«

»Sein Vater war Charles Tyler«, sagte Berberich.

»Samuel oder Charles. Was geht mich das an?«

»Charles Tyler war von hier. Er ist um 1950 nach Amerika ausgewandert.«

»Ein Auswanderer?«

Nun war Jungbluth erst richtig in Harnisch. Seine Empörung

zeigte sich darin, dass sein Kopf hochrot wurde und eine Ader an seiner Stirn anschwoll.

»Ein Auswanderer. Die Ausgewanderten, die sind doch das Allerletzte. Hier in der Gegend sind all die Versager und Hungerleider ausgewandert. Die Musikanten aus Mackenbach, die armen Schlucker aus Kusel, die Habenichtse von der Sickinger Höhe. Die Häusler sind ausgewandert und die, die Dreck am Stecken hatten. Kriminelle und Arme. Was gehen die mich an?«

Jungbluth, der die ganze Zeit über seinen Hund gestreichelt hatte, nervös und wie um Halt zu suchen, redete sich in Rage. Ein Choleriker, aber einer, der wenigstens seinen Hund liebt, dachte Gontard. Der einzige Pluspunkt für diesen Mann. Er konnte es sich nicht verkneifen, Jungbluth Kontra zu geben.

»Also bleiben Sie mal auf dem Teppich. Es hat ja noch andere Gründe gegeben für das Auswandern als finanzielle Not oder eine ungesetzliche Tat. Ganz andere. Ich könnte Ihnen eine ganze Liste herunterbeten. Und außerdem ist finanzielle Not keine Schande.«

Jungbluth ignorierte den Einwand.

Berberich kam zum Wesentlichen zurück.

»Der Name Charles Tyler sagt Ihnen wohl nichts. Aber vor seiner Auswanderung hieß er Karl Ziegler. Er hat in Schwanweiler gewohnt und hat hier bei Ihnen in der Mühle gearbeitet.«

Diese strategische Eröffnung verfehlte ihre Wirkung nicht.

Jungbluth fasste sich ans Herz, als bedrücke auch ihn die stickige Atmosphäre im Raum. Er rang einen Moment lang nach Luft. Seine Lippen verfärbten sich bläulich, doch er bemühte sich um Fassung, und wie aus der Pistole geschossen kam seine Antwort: »Ach der! Noch schlimmer als ein Hungerleider. Ein Zuchthäusler. Wie ich gesagt habe: Die haben doch fast alle Dreck am Stecken gehabt.«

»Sie meinen, er war ein Zuchthäusler, weil er vorübergehend in U-Haft war? Aber er wurde freigelassen. Er war unschuldig. Er hat seine Schwester nicht umgebracht. Agnes Ziegler.«

Bei der Nennung des Namens des Mordopfers zuckte Jungbluth merklich zusammen. Doch er gab blitzschnell zurück: »Auch so eine Hure. Alles Huren.«

»Eine kühne Behauptung, Herr Jungbluth. Ihr Bruder und Agnes Ziegler waren doch so gut wie verlobt?«

Jungbluth lachte schnaubend.

»Wer behauptet so was? Eine Dienstmagd als Herrin unseres Hofes? Das hätte mein Vater nie erlaubt. Und meine Mutter erst recht nicht. Eine Katholische? Eine Hergelaufene ohne Geld und Gut?« Die Frauenstimme von vorhin ertönte von oben her. Schmerzensschreie.

»Meine Mutter. Sie muss sehr leiden. Kann nicht sterben.«

Jungbluths Stimme wurde auf einmal weich, fast liebevoll.

»Wir stecken sie nicht ins Heim, wie andere das tun mit ihren Uralten. Christenpflicht. *Du sollst Vater und Mutter ehren, auf dass es dir wohl ergehe und du lange lebest im Lande.* Sie kennen die Zehn Gebote?«, fragte er mit einem lauernden Blick.

»Wer pflegt Ihre Mutter? Sie selbst?«

Jungbluth schien die Spitze nicht zu bemerken.

»Halina, die Polin. Außerdem meine Frau und meine Schwester.«

Die Frauen, dachte Gontard. Immer sind es die Frauen in den Familien, die dieser Christenpflicht nachkommen und an denen die Altenpflege hängenbleibt.

Die Tür wurde aufgerissen, und ein junges Mädchen stürmte ins Zimmer. Sie stutzte und blieb an der Schwelle stehen.

»Die beiden Herren wollen wissen, ob wir einen Amerikaner namens Samuel Tyler kennen«, sagte Jungbluth voller Ironie.

»Ist das der Tote, den sie oben am Engel gefunden haben?«, wollte das Mädchen wissen.

Es war die schöne Reiterin vom Vortag.

»Salome hat den bestimmt auch nicht gekannt«, sagte Jungbluth. »Salome, meine Tochter«, stellte er den Gästen das Mädchen vor. Wieder dieser weiche, liebevolle Ton. Berberich zeigte Salome Jungbluth den Pass mit dem Foto von Samuel Tyler. Sie schüttelte den Kopf. »Nie gesehen. Zu alt für mich«, antwortete sie lachend und schüttelte dazu kokett den Kopf mit den rabenschwarzen Locken.

»Darf ich das Foto auch sehen?«, fragte Jungbluth. Der Mann mit dem vorhin zornesroten Gesicht stutzte beim Anblick des Fotos und erblasste. Er fing sich und gab den Ausweis zurück.

»Wenn weder Sie noch Ihre Tochter den Toten kennen, dann wollte er Ihnen doch wohl einen Überraschungsbesuch abstatten. Und Sie sind sich sicher, dass Sie keinen Anruf von einem Unbekannten bekommen haben, keinen Brief, nichts, womit er sich ankündigte?« Nicht ohne Bosheit fügte Gontard hinzu: »Vielleicht könnte Ihre Schwester uns helfen. Oder noch eher vielleicht Ihre Frau?« Der Hausherr fuhr erzürnt hoch und wollte etwas entgegnen, doch seine Tochter kam ihm zuvor: »Oder mein Bruder? Ach, ich kann Tobias schnell mal anrufen«, sagte Salome.

Blitzschnell zog sie etwas aus ihrer Jeansjacke hervor. Oje, dachte Gontard, eins von diesen modernen Dingern, über die ich mich noch vor wenigen Jahren lustig gemacht habe und die nun überall auftauchen. Ein Handy.

Salome wählte eine Nummer: »Hi, Tobi. Hier bei uns ist die Kripo und die wollen wissen, ob du einen Samuel Tyler kennst.« Sie lachte. »Das ist der Ermordete von oben vom Friedhof. Ein Amerikaner. Nee, kennst du doch nicht, so einen alten Kerl. So ein Opa um die fünfzig?« Die Stimme am anderen Ende lachte mit.

»Hab ich mir gedacht, Tobi. Sei ein braver Junge und bleib nicht so lange weg. Unser Vater guckt schon ganz grimmig.« Die junge Männerstimme am anderen Ende entgegnete noch etwas, lachte laut. »Tschüs«, sagte Salome. »Adios, Bruderherz. Amüsier dich gut.«

»Du hättest ihm sagen sollen, er soll lieber für sein Examen büffeln statt mit dem Motorrad in der Gegend rumzufahren«, murrte Jungbluth.

Salome ging tänzelnd auf ihren Vater zu, setzte sich auf die Armlehne des Sessels mit dem brüchigen Leder, in dem der Hausherr saß, und gurrte: »Och Papilein, sei nicht so streng mit deinem Sohn.«

»Der Luftikus, der soll ...« Salome verschloss ihrem Vater mit ihrer Hand sanft den Mund und gab ihm einen Kuss auf die Stirn, auf der sich die Zornesader wieder bedenklich rot zu verfärben begann.

»Ja, wenn ich dich nicht hätte«, sagte Jungbluth.

»Ich muss jetzt zu Angel. Meinem Reitpferd«, sagte sie zu den beiden Kriminologen. Sie gab ihrem Vater noch mal einen Kuss und tänzelte aus dem Zimmer, warf ihrem Vater eine kokette Kusshand hin.

Jungbluth lächelte etwas verlegen.

»Was studiert Ihr Sohn Tobias?«, erkundigte sich Gontard.

»Etwas ganz und gar Überflüssiges. Philosophie und Soziologie. Nichts Solides und Handfestes wie Medizin oder Jura. Oder Theologie.« Bei der letzten Wunschoption des Vaters musste Gontard grinsen. Tobias Jungbluth konnte er sich beileibe nicht als Theologen vorstellen, abgesehen davon, dass ihm Theologie nicht gerade als ein sehr handfestes Studienfach erschien.

»Würden Sie bitte Ihre Frau und Ihre Schwester hereinrufen, damit wir sie befragen können?«, bat Berberich. »Sie sind uns auch bald los. Es sind nur Routinefragen.«

Der Hausherr erhob sich, gefolgt vom treuen Hund Rex. Er rief mit lauter Stimme in den Flur hinaus: »Gerda. Hedda. Kommt ihr mal in den Salon?«

In den Salon. Man war hier hochherrschaftlich gesinnt.

Die beiden Gerufenen erschienen bald darauf. Die Frau, die als Erste den Salon betrat, war unverkennbar die Schwester des Hausherrn. Obwohl eher hager und um einiges größer als ihr Bruder, hatte sie die gleichen Gesichtszüge. Die sehr gerade Nase, der hochmütige Blick aus hellblauen Augen, der schmale Mund. Ihr graues Haar trug Hedda Jungbluth streng nach hinten gebunden. Ihre Kleidung glich im Stil ebenfalls der ihres Bruders. Eine hellgrüne Bluse, ein dunkelgrüner Faltenrock und eine Trachtenjacke passten zu den derben Schuhen. Den Hals schmückte ein kleines Medaillon.

»Da bist du ja, Hedda«, sagte der Hausherr vorsichtig. »Aber wo bleibt Gerda wieder?«, fügte er leicht gereizt hinzu.

Eine hübsche Frau mit glattem, blondem, halblangem Haar erschien im Türrahmen. Sie mochte Ende vierzig sein. Sie ist gut zwanzig Jahre jünger als ihr Ehemann, schätzte Gontard. Sie ging mit leicht gesenktem Kopf und wirkte schüchtern und ängstlich. Sie war ganz in Schwarz gekleidet, fast wie eine Witwe. Schwarzer Rock, schwarzer Pulli, Perlenkette. Schwarze flache Schuhe. Schwarz steht ihr gut, dachte Gontard. Edel wirkte sie, eine klassische Schönheit. Grace Kelly, ging es durch Gontards Kopf. Was macht eine wie Grace Kelly hier in diesem Mausoleum?

»Du kennst doch keinen Amerikaner, ungefähr fünfzig Jahre alt?«, herrschte Jungbluth seine Frau an.

»Natürlich nicht. Wieso kommst du darauf?«, kam die zaghafte Antwort.

Berberich stellte sich höflich vor, zeigte ihr das Foto im Ausweis von Samuel Tyler. »Nein, bestimmt nicht. Diesen Mann habe ich noch nie gesehen.«

»Er wollte zu uns kommen. Da muss er doch jemanden gekannt haben?«, sagte Jungbluth vorwurfsvoll und sah seine Frau prüfend an. Oje, dachte Gontard. Geizig und auch noch eifersüchtig. Da sind aber schon zwei der schlimmsten Todsünden vereint in unserem christlichen Herrn Jungbluth.

»Sehen Sie? Meine Frau kennt keinen gottlosen Ami, meine Herren«, sagte der Hausherr voller Triumph.

»Und du doch auch nicht, oder?«, fragte er betont höflich seine Schwester.

»So eine Frage. Natürlich nicht«, entgegnete Hedda Jungbluth.

»Aber Sie haben das Foto noch nicht gesehen«, sagte Berberich. »So sieht ... so sah der Mann aus.«

Vielleicht hatte er sich getäuscht, aber Gontard hatte das Gefühl, dass Hedda Jungbluth zögerte, bevor sie sagte: »Nein. Den Mann kenne ich nicht.«

»Dann bitten wir doch tausendmal um Entschuldigung, dass wir Sie belästigen mussten«, schloss Berberich die Befragung ab.

»Das heißt, Ihre Mutter ...?«

Hedda Jungbluth ergriff energisch das Wort.

»Unsere Mutter? Die weiß nicht mehr, wer sie selbst ist. Demenz nennt man die Krankheit. Alzheimer.«

»Ja freilich, das habe ich mir fast schon gedacht«, beeilte sich Gontard, die peinliche Situation zu retten. »Nichts für ungut. Aber wir tun nun mal unsere Pflicht.«

Von oben kamen wieder jammervolle Laute.

»Geh mal nach oben und schau, ob der polnische Trampel unsere Mutter wieder unsanft anpackt«, befahl Jungbluth seiner Frau.

»Man kriegt ja nur noch diese Polinnen. Die Unsrigen wollen die Drecksarbeit ja nicht mehr machen«, brummte der Hausherr. »Da muss man alles akzeptieren. Eine Polin. Noch dazu katholisch. Die sind dort alle katholisch.«

Gerda Jungbluths schnelle Schritte waren auf der Treppe nach oben zu vernehmen. »Aber was tut man nicht alles für seine Mutter. Stimmt's, Hedda?«

Hedda pflichtete ihrem Bruder bei, indem sie die Worte ihres Bruders von vorhin zitierte: »*Du sollst Vater und Mutter ehren.* Bei uns im Haus gilt das 5. Gebot noch etwas.«

Gontard und Berberich traten in den Hof, auf dem eine helle Mittagssonne lag. Das grelle Licht blendete ihre Augen. Beide atmeten tief durch und schauten sich stumm an.

Arme Gerda Jungbluth, dachte Gontard.

Berberich schienen ähnliche Gedanken zu bewegen.

»Wenn der Hund besser behandelt wird als die Ehefrau …«

Er ließ den Satz unvollendet.

Die Tür zur ehemaligen Mühle war geöffnet. Mehlgeruch lag in der Luft. Ein schriller Schrei zerriss die mittägliche Stille. Das ist Johannes, es sind seine Todesschreie, dachte Gontard. Johannes Jungbluth, der heimliche Verlobte von Agnes Ziegler, der Erbe der Mühle. Im Treibriemen verfangen zu sein, so elend sterben zu müssen. Kann man sich einen grässlicheren Tod vorstellen?

Die Schreie kamen von ganz oben, aus dem Krankenzimmer. Zwei beruhigende Frauenstimmen waren zu hören. Halina. Gerda.

Das Jammern von Philippina Jungbluth, der einstigen Herrin der Mühle, verstummte. Gontard zog das schwere Hoftor hinter sich zu. Schweigend gingen die beiden Männer zum Auto.

Berberich wollte gerade den Motor anlassen, als ein Gesicht an der Autoscheibe erschien. Es war Richard Jungbluth.

Der Kripochef ließ die Scheibe herunter.

»Ich hab noch eine Frage, meine Herren.«

»Die wäre?«

»Sie haben von einem anderen Namen auf der Liste gesprochen. Wen wollte der Ami denn noch besuchen … außer uns?« Es klang ironisch. »Oder ist es ein Majestätsgeheimnis?«

»Kein Majestätsgeheimnis, nein. Wilhelmine Mack wollte er besuchen«, antwortete Berberich.

Jungbluth quittierte die Antwort mit lautem Lachen.

»Was? Die alte Kräuterhexe? Die Hebamme? Was hatte der Ami mit der zu schaffen? Na ja, geht mich ja nichts an. Hungerleider zu Hungerleider.«

»Wilhelmine Mack war seine Großtante. Verwandte besucht man nun mal. Das soll vorkommen, oder?«, entgegnete Berberich. »Ein Hungerleider war der Fremde nicht. Und auch die Hebamme ist keine Hungerleiderin.«

Er kurbelte die Scheibe hoch und fuhr an. Gontard sah im Rückspiegel, wie der Mühlenbesitzer eine wegwerfende Handbewegung machte und zu seinem Gehöft zurückging.

Wir haben etwas übersehen, dachte er. Oder etwas falsch gemacht. Vielleicht auch beides zusammen.

Das ungute Gefühl begleitete ihn während der ganzen Fahrt.

18. KAPITEL

Matthias Völcker

Die zweite Woche nach Ostern verging wie im Flug, ohne dass sich Wesentliches ergab. Berberich führte kurze Telefonate mit Gontard, aus denen der pure Frust sprach. Noch einmal war ein verdächtiger Mann festgenommen worden, der am Karfreitagmorgen einem Zeugen aufgefallen war. Das Ganze stellte sich als eine völlig harmlose Verwechslung heraus. Der Zeuge war mehr als zweifelhaft und verwickelte sich in Widersprüche. Es war wohl einer, der auch einmal im Mittelpunkt stehen wollte. Ein ärgerliches Intermezzo, das die Ermittlungsarbeit der Polizei behinderte, doch nicht ungewöhnlich war im Alltag der Kripo.

Von den sehr kooperativen amerikanischen Kollegen waren weitere Informationen zu Samuel Tyler eingegangen. Sie unterstrichen nur das Bild vom zuverlässigen, arbeitsamen Einzelgänger ohne Freunde und Feinde. Es gab keinerlei Hinweise auf ein Motiv für den Mord.

Gontard las gerade die Zeitung, wie er es immer tat, wenn er alleine frühstückte. Anna hatte das Abonnement ihrer Mutter noch nicht gekündigt. Aus Pietät? Weil sie den Tod der Mutter noch nicht wahrhaben wollte? Normalerweise holte Ida Geib die *Rheinpfalz* jeden Morgen, nun musste sie warten, bis Gontard sie gelesen hatte. Anna würde gleich aus Hohenkirch kommen. Auf dem Programm stand die Ausräumarbeit im Bungalow, bevor beide in den Odenwald zurückfahren würden. Die Osterferien waren dann für Anna zu Ende. Gontard hatte gehofft, dass die vergangene Woche den Fall Samuel

Tyler voranbringen würde, und es war ihm unbehaglich zumute, am Wochenende unverrichteter Dinge nach Hohenkirch zurückzukehren. Was hatte er eigentlich erwartet?

Er vertiefte sich in einen längeren Artikel über die Weltausstellung EXPO in Hannover, die Bundeskanzler Schröder Ende Mai einweihen würde. Ein Wagen fuhr in die Einfahrt, kurz danach wurde die Haustür aufgeschlossen. Anna war schon angekommen. Sie war ohne Belami gereist.

»Rosa Brehm hat so traurig geguckt, als sie sich von ihrem Hunderl trennen sollte. Da hab ich ihn spontan bei ihr in Hohenkirch gelassen.«

Sie berichtete von Lilli, mit der sie am Vorabend telefoniert hatte. Alles war in bester Ordnung, obwohl Lilli mit morgendlicher Übelkeit zu kämpfen hatte. Die Ärztin in Metz war zufrieden mit den Ergebnissen. »Eher ein gutes Zeichen, wenn Ihnen morgens schlecht ist«, hatte sie Lilli beruhigt. »Das gibt nach meiner Erfahrung die gesündesten Kinder.« Fabrice und Lilli machten sich Gedanken über den Namen für das Baby. Lilli und Anna hatten viel gelacht über einen Gerichtsbeschluss, wonach die Eltern ihr Kind nicht Hotzenplotz nennen durften. »Wie wäre es mit Goswin oder Lancelot oder mit Tusnelda und Clothilde für euer Kind?«, hatte Anna vorgeschlagen. Die werdenden Großeltern Anna und Gontard ergingen sich noch in weiteren Namensspekulationen und amüsierten sich gut dabei.

Dann berichtete Gontard seiner Frau lange vom Besuch bei der Familie Jungbluth.

»Du warst im Mausoleum? Ist es immer noch vollgestopft mit Geweihen und armen getöteten Tieren? Papa hat mich ja einmal mitgenommen zu einem Besuch beim ehrenwerten Herrn Presbyter, wie du weißt. Ich hab angefangen zu heulen, als ich all die ausgestopften Tiere sah: die Wiesel, die Füchse, die Vögel. Am fürchterlichsten war der Riesenkopf von einem

Keiler«, erinnerte sich Anna. »Und die schwarzen Möbel. Wie in einem Beerdigungsinstitut.«

»Da hat sich anscheinend nichts geändert. Alles noch so, wie du es beschrieben hast.«

»Schlimmer noch war der Kopf von Elias Jungbluth mit seinem Rauschebart. Papa hatte auch einen Bart, aber Elias Jungbluth hatte ganz buschige Augenbrauen und einen fanatischen Blick wie eine Rächergestalt aus dem Alten Testament. Oder ein religiöser Eiferer. Und weißt du, wer mir die größte Angst einflößte? Das war Philippina Jungbluth. Mit ihrem schwarzen langen Kleid, ihrem Spitzenkrägelchen und der Riesenbrosche dran, dem schwarzen Haar, in der Mitte gescheitelt. Dann der schmale Mund und der kalte Blick. Sie hat mich streng angeguckt, als ich wegen der ausgestopften Tiere geweint habe. Ich habe mich gesträubt, als Papa mich das nächste Mal wieder in die Mühle mitnehmen wollte.«

»Und heute ist sie eine uralte demente Frau. Sie tyrannisiert die polnische Pflegerin und die Schwiegertochter.«

»Gerda Jungbluth? Ja. Die ist zu bedauern«, stimmte Anna zu. »Aus vielen Gründen.«

Sie kam nicht dazu, sich über die »vielen Gründe« auszulassen, denn es klingelte an der Tür.

Anna ging hinaus, um zu öffnen, und sie kam mit einem Mann ihres Alters zurück.

»Matthias Völcker, ein Klassenkamerad von früher«, stellte Anna den Besucher vor. »So eine Überraschung, Matthias. Setz dich doch.«

»Wir waren in der Volksschule hier zusammen«, erklärte sie ihrem Mann. »Wollen wir uns nostalgisch über unsere nette Lehrerin unterhalten, die uns gerne Tatzen verpasst hat und uns in die Ecke gestellt hat, wenn wir beim Einmaleins nicht gespurt haben?«

»Lieber nicht«, entgegnete der Mann, der zurückhaltend wirkte, fast ein wenig menschenscheu, denn er hatte Probleme, sein Gegenüber direkt anzuschauen. Dabei war er gutaussehend. Groß, schlank, und sein dichtes blondes Haar war nur ganz leicht ergraut.

»Matthias war mein allererster Schwarm«, lachte Anna. »Aber er war zu schüchtern. Er hat nicht angebissen.«

Ich verstehe, dachte Gontard leicht amüsiert. Typisch Anna. Ihr Faible für blonde Männer. Frühkindliche Prägung.

Anna präzisierte: »Matthias war unser Dichter und Musiker. Ich hab ihn bewundert. Er hat die schönsten Aufsätze geschrieben. Und herrlich Klavier gespielt.«

Völcker winkte bescheiden ab: »Vielleicht. Ich hab aber wenig draus gemacht. Zu mehr als zum Schreiber in der Amtsstube im Rathaus hier hat es nicht gereicht.«

Er fügte hinzu, als sei es ihm peinlich: »Aber Klavier spiele ich noch. So für mich.« Er schaute auf seine Hände, die schlank und feingliedrig waren.

»Nichts für ungut, Anna« sagte Völcker. »Ich hätte mit deinem Mann gerne unter vier Augen gesprochen.«

»Oh, was Dienstliches. Ich verstehe«, erwiderte Anna. »Der Herr Kommissar ist gefragt, nicht die alte Schulfreundin. Ist schon gut. Ich muss eh ins hintere Zimmer zum Entrümpeln.«

Und schon war sie verschwunden.

»Eine Tasse Kaffee für Sie, Herr Völcker?«, fragte Gontard.

Der Besucher nahm das Angebot an, und Gontard wartete voller Ungeduld, was dieser Mann ihm wohl zu berichten hätte.

So schüchtern Völcker auf den ersten Blick schien, so bereitwillig öffnete er sich nun seinem Gegenüber.

»Es lässt mir keine Ruhe«, begann er. »Da ist ja im Dorf ein Mordsgerede im wahrsten Sinn des Wortes, und es kommen

Dinge in einem hoch, die man schon lange vergessen hat. Besser: von denen man meint, dass man sie vergessen hat.«

Gontard, der sich insgeheim fragte, worauf dieser stille und introvertierte Mann hinauswollte, unterbrach ihn nicht, sondern schenkte ihm stumm den Kaffee ein.

»Es geht um den Toten.«

»Den Toten, der an der Engelsstatue ermordet wurde«, ermunterte Gontard den Besucher. »Sie kommen wegen dem Mord am Karfreitag.«

»Nein. Hoffentlich lachen Sie mich nicht aus, Herr Kommissar. Ich komme nicht wegen dem aktuellen Mord. Sondern wegen einer uralten Geschichte. Ich war ein Kind damals.«

»Im Jahre 1949? Und Sie meinen Agnes Ziegler?«

»Nein, Agnes Ziegler meine ich auch nicht. Ich meine Johannes Jungbluth.«

Der Besucher nahm einen Schluck Kaffee, atmete tief durch, als sei ihm ein Stein vom Herzen gefallen.

Gontard hatte es die Sprache verschlagen. Es dauerte eine Weile, bis er reagieren konnte.

»Sie meinen jenen schrecklichen Unfall? Anfang der fünfziger Jahre? Ich habe davon gehört. Der älteste Müllersohn. Er ist … in den Treibriemen geraten?«

Völcker sah nach unten auf seine verkrampft gefalteten Hände.

»Ich habe Sie zur Mühle gehen sehen, Sie und den Kollegen.«

»Manfred Berberich. Er ist der ermittelnde Kripochef im Mordfall vom Karfreitag. Ich bin … ich habe keine offizielle Funktion mehr. Ich bin ja schon länger in Pension.«

»Macht nichts. Ich habe Vertrauen zu Ihnen. Ich denke auch, Sie verstehen, warum ich all die Jahre geschwiegen habe. Ich hab ja auch keine Beweise. Nur so ein Gefühl. Und eine undeutliche Erinnerung an damals.«

Er blickte unentwegt auf seine Hände hinab.

»Beweise wofür, Herr Völcker?«

»Dafür, dass das mit Johannes Jungbluth damals kein Unfall war.«

»Sie wollen sagen, er ist ermordet worden?«

»Vielleicht. Jedenfalls ging es damals nicht mit rechten Dingen zu.«

Fast trotzig stieß Völcker diese Worte hervor.

»Erzählen Sie, Herr Völcker. Sie müssen das doch loswerden. Das sehe ich Ihnen an.«

Völcker setzte sich gerade auf, als müsse er sich einen Ruck geben.

»Also gut. Ich war ein stilles Kind, am liebsten für mich allein. Ich bin damals allein unten am Mühlbach gewesen, hab mir vorgestellt, dass da unten Feen und Elfen und Kobolde tanzen. Ich hab da gesessen, auf der alten moosigen Steintreppe mit den ausgetretenen Stufen, die runter zum Bach führt. Es roch nach faulen Kräutern und nach Schlamm. Ich hab auf die Kobolde und die Feen gewartet, und plötzlich hab ich die Schreie gehört. Es wollte nicht aufhören. Mir ist die alte Geschichte eingefallen, von der die Leute im Dorf erzählten. Die Geschichte mit dem Müller, der sich aufgehängt hat vor hundert Jahren oder so und der nun in der Mühle herumspukte. Aber Geister spuken nur nachts, und es war noch nicht ganz dunkel. Außerdem schrie der Mann: »Helft mir doch.« Das schreit keiner, der sich umbringen will oder der herumspukt. So viel wusste ich sogar als Kind. Dann hörte ich, wie ein Tor schwer ins Schloss fiel. Schritte klapperten eilig über den Hof. Nur die Schritte habe ich gehört. Ich hab keine Beweise, wie gesagt, ich hab damals auch nicht lange nachgedacht, bin nur weggerannt, weg von diesen schrecklichen Schreien. Ich bin noch einmal kurz stehengeblieben, weil da ein großer Stein in meinem Weg lag, beinahe wäre ich darübergestolpert. Ich hab mich umgedreht. Da hab ich die Gestalt gesehen. Sie lief schnell aufs Wohngebäude zu. Dann war es in der Mühle plötzlich ganz still. Ich bin gerannt, als seien tausend Teufel hinter mir her. Am nächsten Tag haben die Leute erzählt, dass der älteste Sohn von Elias Jungbluth verunglückt sei. Im Treibriemen verfangen. Ein grauenhafter Unfall. Ich hab geschwiegen wie ein Grab, denn mein Vater hätte mich grün und blau geschlagen, wenn er erfahren hätte, dass ich so weit außerhalb vom Dorf gewesen war. Und ich habe mich so sehr geschämt, dass ich dem Mann in der Mühle nicht geholfen habe. Ich hätte doch im Dorf Hilfe holen können. Ich träume immer mal wieder davon. Je älter ich werde, desto intensiver, desto grässlicher ist die Szene in meinem Traum. Und als ich Sie und den Kripochef in die Mühle gehen sah, kam alles wieder hoch, als wäre es gestern gewesen. Ich dachte, es geht auch um die Vergangenheit. Um damals. Nicht nur um den aktuellen Mord.«

»Was wissen Sie über den Karfreitagsmord, Herr Völcker?«

»Naja, nur, was so geredet wird. Dass der Tote ein Amerikaner war und Leute in Schwanweiler besuchen wollte. Die Leute haben gesehen, dass Sie bei der Hebamme waren und bei den Jungbluths. Da hab ich mir gedacht, nun ist die Zeit gekommen, dass ich das von damals loswerde. Jetzt oder nie.«

Er schaute Gontard zum ersten Mal direkt ins Gesicht, als habe er sich tatsächlich befreit.

»Vielleicht kann ich jetzt wieder schlafen, ohne diese Alpträume zu bekommen.«

»Ich muss Sie was fragen, Herr Völcker. Haben Sie eine bestimmte Person in Verdacht? Sie sprechen immer von vagen Erinnerungen, Stimmen, einer Gestalt, die über den Hof rannte.«

Völcker erschrak: »Nein, das nicht. Wie ich schon gesagt habe: Da war nur eine Person. Ganz verschwommen in meiner Erinnerung. Der Polizist sind Sie.«

»Vielleicht fällt Ihnen ja doch noch ein Detail ein. Ich stehe Ihnen immer zur Verfügung. Kommen Sie vorbei.«

»Ich glaube nicht, dass da noch was kommt. Da ist ja kein konkretes Gesicht. Nur diese Schreie, die Schritte.«

Er zögerte.

»Das bleibt unter uns, was ich Ihnen anvertraut habe?«

»Wir Kriminologen sind an die Schweigepflicht gebunden. Wie Ärzte und Pfarrer.«

»Und Anna?«

»Wenn Sie nicht wünschen, dass sie etwas erfährt, dann wird sie nichts erfahren. Es ist Ihnen offenbar wichtig, dass nur die Polizei informiert ist.«

Völcker nickte stumm. Er erhob sich, dankte dem »Herrn Kripochef« und schaute ihm noch einmal frei in die Augen.

Gontard geleitete den Besucher hinaus.

»Danke, Herr Völcker. Danke für Ihr Vertrauen.«

Während er die Tür schloss, dachte er, dass nun vielleicht in einem dritten Mordfall zu ermitteln war. Ein aktueller Mord und zwei verjährte, dubiose. Vielleicht aber war das Trauma des Matthias Völcker wirklich nur ein Traum?

Anna kam aus dem hinteren Zimmer, der Rumpelkammer, wie sie es nannte.

»Ist Matthias schon weg?«

»Ja«, war die knappe Antwort.

Sie verstand. Dies war Polizistenkram. Und es ging sie nichts an.

»Komm, wir machen einen kleinen Spaziergang zum Friedhof. Das Grab muss gegossen werden. Bei der vielen Sonne während der letzten Tage.«

Sie traten hinaus ins Freie. Ein weiterer frühsommerlicher Tag kündigte sich an.

Die Pfingstrosen im Garten vorm Bungalow waren über Nacht voll erblüht. Doch der Flieder war am Absterben und zeigte schon bräunlich verfärbte Dolden. Anna pflückte drei purpurfarbene Pfingstrosen, und gemeinsam gingen sie zum Friedhof hin.

19. KAPITEL

Blicke

»Komisch, ich war noch nie an Agnes Zieglers Grab«, sagte Gontard zu Anna, als sie an der neuen Friedhofshalle mit dem Flachdach vorbeigingen. Sie mussten eine Weile suchen, denn die Gräber wurden aufgelöst, wenn keine pflegenden Angehörigen mehr darauf drängten, dass die Frist verlängert wurde. Das Grab selbst war stillgelegt worden, aber der Grabstein lehnte als Relikt an der Kirchhofmauer, vielleicht deshalb, weil er an einen spektakulären Todesfall erinnerte. *Agnes Ziegler, 1932 bis 1949* besagte die Gravur. Nur das Geburtsjahr und das Todesjahr.

Den schlichten Granitgrabstein zierte das Emblem in Form einer geknickten Rose. Wer hatte den Grabstein eigentlich anfertigen lassen? Karl Ziegler, der Bruder der Ermordeten? Ein letzter Dienst an seiner Schwester, bevor er auswanderte, verbittert und verletzt? Gontard merkte, wie er und Anna beobachtet wurden, maß dem aber keine große Bedeutung bei. Auf dem Dorf war man auch im Jahr 2000 immer noch neugierig, wenn Fremde auftauchten. Und Anna und ihr Mann waren seit Jahren bestenfalls gelegentliche Besucher und Zaungäste in Schwanweiler gewesen.

Die Frau, die immer wieder verstohlen zu ihnen hinüberlugte, war sehr klein und zierlich, mit aschblondem Haar. Mitte sechzig vielleicht. Sie war modisch gekleidet.

Gontard gelang es schließlich, sie zu ignorieren. Mit Anna ging er zum Familiengrab der Boschs hinauf. Der Engel mit dem zarten Gesicht der Katharina Mack breitete die Arme über den beiden aus, als wolle er sie segnen. Ganz seltsam war Gontard zumute, und Anna musste es ebenso ergehen, denn sie ergriff seine Hand und drückte sie fest.

»Dieser Engel erschien mir immer geheimnisvoll. Ich habe als kleines Mädchen jedes Mal eine Gänsehaut bekommen, wenn ich hier vorbeigekommen bin. Und nun hütet er tatsächlich seit Karfreitag ein schlimmes Geheimnis«, flüsterte sie.

Den hübschen Mund des Engels mit dem Gesicht einer Kindfrau schien ein Lächeln zu umspielen, wie von feiner Ironie. Er macht sich lustig über mich alten Simpel, dachte Gontard. Über diesen ehemaligen Kripochef, der es nicht schafft, einen Mörder zu fassen. Der einige Leichen im Keller einer sehr ehrenwerten Familie wittert und sie nicht findet.

»Komm, wir gehen heim«, sagte er, und es klang so resigniert, dass Anna seine Hand fester drückte.

»Du hast es immer geschafft, ans Ziel zu kommen. Du alte Spürnase, du. Es wird auch diesmal klappen. Du brauchst nur Geduld.«

»Wir brauchen Geduld, Manfred Berberich und ich. Es ist ja gar nicht mein Fall.«

»Aber es sind deine Fälle, wie ich das sehe, oder?«

»Du kannst Gedanken lesen.«

Die neugierige Frau war verschwunden.

»Du bleibst noch hier in Schwanweiler, stimmt's?«, fragte Anna, als sie unter den blühenden Rosskastanienbäumen nach Hause gingen.

»Mal sehn. Lass dich überraschen.«

Sie lächelte nur.

20. KAPITEL

Anneliese Thürwächter

Die Überraschung kam noch am selben Abend.

Anna und Gontard räumten gerade nach dem Abendessen die Küche auf, als es an der Haustür klingelte.

Gontard öffnete und sah im Halbdunkel die Gestalt der Frau, die ihm auf dem Friedhof aufgefallen war.

Sie entschuldigte sich, den »Herrn Kripochef« zu stören. Sie hatte schon seit Tagen mal vorbeischauen wollen, habe aber nicht den Mut gehabt. Nun habe sie sich aber ein Herz gefasst, zumal sie es als Zeichen sah, dass der Herr Kripochef mit seiner Frau heute ausgerechnet am Grabstein von Agnes Ziegler gestanden habe. Denn der Grabstein sei damals von ihr selbst aufgestellt worden, sagte die Besucherin.

Nun war es an Gontard, neugierig zu sein.

»Kommen Sie doch bitte herein, Frau …«

»Thürwächter. Ich bin Anneliese Thürwächter. Ich war eine Schulkameradin von Agnes.«

Das ist das berühmte Gesetz der Serie, dachte Gontard. Es ist die Zeit der ehemaligen Schulkameraden. Zuerst Matthias Völcker, nun Anneliese Thürwächter.

Anna hatte sich schon diskret ins hintere Zimmer verzogen. Sie wollte noch sortieren und entrümpeln und nostalgischen Gedanken nachhängen.

»Man hört ja so allerhand im Dorf nach dem Karfreitagsmord«, begann Anneliese Thürwächter.

So ähnlich hatte sich auch Matthias Völcker ausgedrückt.

Die Buschtrommeln scheinen gewaltig in Bewegung zu sein, dachte Gontard.

»Der Name Tyler hat mir ja nichts gesagt, aber dann ist der Name Ziegler gefallen, und es hieß, dass der Tote mit Agnes Ziegler verwandt war.«

»Ja, der Tote war Agnes Zieglers Neffe. Sein Vater war Karl Ziegler. Er hat sich nach der Emigration Tyler genannt.«

»Das habe ich mir so zusammengereimt«, sagte Anneliese Thürwächter.

Erst jetzt fiel Gontard auf, dass die Besucherin nicht die Dialektfärbung der hiesigen Bevölkerung hatte. Sie sprach den Singsang der Südpfälzer. Er machte sie auf seine Beobachtung aufmerksam.

»Ja, die Westpfälzer machen sich über den südpfälzischen Singsang lustig. Ich bin ja hier aufgewachsen und hier zur Schule gegangen, aber dann habe ich in Landau mein Herz verloren und bin da unten hängengeblieben. Nach dem Tod meines Mannes vor drei Jahren bin ich wieder in die alte Heimat zurückgekommen. Da war ich gerade pensioniert worden. Ich war Lehrerin in Rohrbach bei Landau.«

»Und Sie waren mit Agnes Ziegler befreundet während Ihrer Kindheit?«

»Bis zu ihrem Tod. Wir waren beide siebzehn, als sie, als sie …« sie stockte, schluckte. »Ich war da in Kaiserslautern auf dem Gymnasium. Sie musste schon arbeiten.«

»War das kein Hindernis für die Freundschaft?«

»Müsste man meinen. Wir kamen aus verschiedenen Gesellschaftsschichten, wie man das ja damals noch sagte. In den vierziger Jahren. Aber wir waren beide katholisch.«

Die letztere Bemerkung erschien Gontard irrelevant, doch dann verstand er. Anneliese Thürwächter fuhr fort.

»Heutzutage spielt das keine Rolle mehr, aber vor fünfzig

Jahren, kurz nach dem Krieg, war das noch wichtig, wie Sie ja auch wissen müssen. Die Agnes war ein feiner Kumpel, und ihr schreckliches Ende hat sie nicht verdient.«

Anneliese Thürwächter sagte »die« Agnes, nicht »es« Agnes. Die vielen Jahre in der Südpfalz hatten sie geprägt.

»Zwei Jahre nach dem Mord damals bin ich aufs Lehrerseminar gekommen. Ich habe meine Eltern überreden können, dass sie für Agnes einen schönen Grabstein machen lassen. Da war niemand sonst. Ihre Eltern waren zu arm, der Bruder war ja im Ausland, und die Jungbluths, ihre Dienstherren ...«

»Die waren zu geizig, einem Dienstmädchen einen Grabstein fertigen zu lassen. Stimmt's?«

Anneliese Thürwächter biss sich auf die Lippen.

»Ich war es Agnes schuldig. Sie hat sich mir anvertraut. In vielem.«

»Wie weit ging das Vertrauen?«, hakte Gontard nach.

»Sie hat mir als Erste anvertraut, dass sie mit Johannes Jungbluth geht, wie man das damals gesagt hat. Und dass Philippina und Elias Jungbluth vor Wut geschnaubt haben und ihr mit Entlassung und dem Johannes mit Enterbung gedroht haben. Und unser letztes Treffen werde ich nie vergessen.«

»Das war kurz vor ihrer Ermordung?«

»Ja. Sie hat mir unter Tränen gebeichtet, dass sie schwanger gewesen ist.«

»Sie war schwanger? Davon war nichts im Polizeibericht gestanden. Manfred Berberich hätte mir das gesagt. Das ist der Kripochef. Der offizielle Ermittler«, erklärte Gontard.

»Sie war auch nicht mehr schwanger zu diesem Zeitpunkt. Bei unserem Treffen. Sie verstehen, Herr Gontard?«

»Wer ... hat ... die Abtreibung ...?«

»Die Abtreibung? Kein Arzt. Nicht zu der damaligen Zeit. Nein, sie selbst ...«

Vor Gontards geistigem Auge tauchten die erschütternden Zeichnungen von Käthe Kollwitz auf, worin sie die Opfer der Engelmacherinnen darstellte. Er dachte an die Opfer von gescheiterten Medizinstudenten, die in schmuddeligen Hinterzimmern an verzweifelten Schwangeren ihre Kunst erprobten. An all die Frauen und Mädchen, die verzweifelt zur »Selbsthilfe« gegriffen hatten. Mit besonderen »abführenden« Tees. Schlimmer noch: mit Stricknadeln, mit nicht desinfiziertem Gerät. Und die elend an Blutvergiftung gestorben waren. Frauen und Mädchen, die vom Schrank runtergesprungen waren, in der Hoffnung, die Föten zu verlieren.

»Sie selbst? Wie schrecklich«, sagte er.

»Agnes wäre fast gestorben, aber Wilhelmine hat sie gerettet. Wilhelmine Mack.«

Bei dieser Eröffnung bereute Gontard, dass er einen Moment lang die Dorfhebamme in Verdacht gehabt hatte, der Schwangeren vielleicht einen »Spezialtee« verabreicht zu haben. Er hatte von all diesen Kräutern gehört, die von verzweifelten Frauen seit jeher benutzt worden waren: Poleiminze. Blauer Hahnenfuß. Beifuß und die harmlose Petersilie, die, in einer gewissen Menge genossen, abtreibende Wirkung hatte. Und Hebammen halfen gelegentlich in verzweifelten Fällen.

»Aber warum wollte sie das Kind nicht haben? Ich dachte, Johannes hat sie geliebt. Er hätte zu ihr gehalten. Auch gegen den Willen seiner Eltern, oder?«

»Johannes hat gar nichts gewusst von dem Kind.«

Gontard fand keine Worte. Nach einer Weile sagte er: »Nun wollen Sie mich aber veralbern. Die beiden waren ein Liebespaar.«

»Das Kind war nicht von Johannes. Es war von seinem Bruder. Von Richard Jungbluth.«

»Sie hatte gleichzeitig ein Verhältnis mit beiden Brüdern?«

»Was heißt Verhältnis? Nein. Die Agnes war ein anständiges Mädchen. Richard hat sie vergewaltigt und zu der Abtreibung gezwungen. Agnes hat sich so geschämt. Mit Johannes war sie überhaupt noch nicht ...«

»Überhaupt noch nicht intim gewesen?«

»Ja, so ist es. Er hätte sie verachtet, wenn er gewusst hätte, dass sie vergewaltigt worden und schwanger war. Es war eine romantische Beziehung zwischen Johannes und ihr, und dann diese Schande. Die Mädchen mussten zahlen für eine Vergewaltigung. So war das damals, das wissen Sie ja, Herr Gontard. Irgendwie war mir das gerade recht. Ich wollte in kein Verbrechen hineingezogen werden. Ich hatte Angst, dass da etwas von der Schande an mir hängenbleibt. Heute denke ich anders.«

Anneliese Thürwächter senkte den Kopf.

»Sie müssen sich nicht schämen, Frau Thürwächter.«

Ein Gedanke durchzuckte ihn.

»Wilhelmine Mack wusste Bescheid?«

»Ich denke ja. Was genau sie aber wusste, tut mir leid. Da muss ich passen.«

»Und sie schweigt aus den gleichen Gründen wie Sie, oder?«

»Vielleicht aus ähnlichen Gründen.«

Ich muss noch mal zu ihr hingehen, sie ist eine wichtige Zeugin. Eine Zeitzeugin, und sie lebt nicht ewig. All dies ging Gontard blitzschnell durch den Kopf.

Er sagte: »Es war mutig von Ihnen, liebe Frau Thürwächter, dass Sie mich aufgesucht haben.«

»Man kann nicht ewig feige sein. Und nun, wo ein Mord passiert ist ...«, sie stockte. »Vielleicht hängen ja die beiden Morde zusammen. Ich hoffe, ich war Ihnen eine Hilfe.«

Ohne auf Anneliese Thürwächters Bemerkung einzugehen, rief Gontard plötzlich. »Ich bin vielleicht unhöflich. Jetzt habe ich Ihnen nichts angeboten. Nun halten Sie mich am Ende noch für geizig.«

»Aber nein, wieso denn? Darauf käme ich nie im Leben. Da gibt es andere hier im Ort, die geizig sind.«

Sie erhob sich zum Gehen.

»Danke noch mal«, wiederholte Gontard, als er sie hinausgeleitete.

»Danke wofür?«

»Für Ihren Mut. Passen Sie gut auf sich auf, Frau Thürwächter.«

»Ich habe Angst, Herr Gontard. Aber nicht um mich. Ich war immer nur um andere besorgt. Um meine Schüler am meisten. Ich habe viele schlaflose Nächte gehabt ihretwegen. Mein Mann hat mal gesagt: Gut, dass wir keine Kinder bekommen haben, du wärst vor Sorgen gestorben.«

»Und um wen sind Sie jetzt besorgt?«

»Um eine sehr alte Frau, die zu viel weiß. Sie hat viel Böses gesehen in ihrem langen Leben. Wilhelmine Mack hat nie irgendwelche Skandale in die Welt hinausposaunt. Hätte Agnes mir damals nichts erzählt von …«

Sie brach den Satz ab, drückte Gontard die Hand und ging zum Gartentürchen, ohne sich noch einmal umzudrehen.

21. KAPITEL

Angst

Da war der Junge, der damals weggelaufen ist. Er müsste heute erwachsen sein.

Ich kam aus der Mühle. Er schrie. Schrie um Hilfe. Es gellt mir in den Ohren, nachts wenn ich nicht schlafen kann. Und auch in meinen Träumen höre ich seine Schreie: »Helft mir. Helft mir doch.«

Er hat geschwiegen, weil er mich nicht gesehen hat. Ich bilde mir nur ein, dass er mich gesehen hat. Ich habe ihn gesehen, das heißt doch nicht, dass er mich gesehen hat. Helles Haar. Die Kinder mit hellen Haaren, ich habe sie beobachtet. Aber es gab so viele blonde Kinder im Dorf. Ich konnte mich getäuscht haben. Ein dunkelhaariges Kind mit einer hellen Mütze? Und vielleicht war es auch ein Mädchen, das wie ein Junge aussah. Oder am Ende war es kein Kind? Ein Tier, das aus dem Dickicht unten am Bach hervorlugte. Ein flachsfarbenes Tier. Ein Hund mit hellem Fell, ein Reh vielleicht.

Später, als sich nichts tat, als alle an einen Unfall glaubten, wurde ich ruhiger. Ich hörte auf, nach einem blonden Kind zu suchen.

Das Kind von damals ist erwachsen geworden, es hätte sich längst gemeldet. Der Erwachsene hätte einen anonymen Brief geschrieben, hätte mich erpresst. Es kam nichts.

Es muss ein Tier gewesen sein, das da im Gebüsch stand und mich beobachtete, ohne zu verstehen. Da war niemand. Da war kein Zeuge.

Und doch. Da ist immer wieder diese alte Angst. Und sie zerfrisst meine Seele.

Herr, sei meiner Seele gnädig. Herr, erbarme dich. Amen

22. KAPITEL

Sanft entschlafen

Das Telefon klingelte, als Anna und Gontard gemütlich beim Frühstück saßen.

Das ist Manfred Berberich, war Gontards erster Gedanke. Ach nein. Er hat doch gesagt, er nimmt sich ein freies Wochenende von den Verbrechern und Übeltätern, es sei denn, es ergibt sich unerwartet was Neues. Er wollte sich in Mainz das Spiel des FSV gegen die Stuttgarter Kickers anschauen.

»Es ist Lilli«, rief Anna vom Flur her. »Rede du mal mit ihr, sie braucht ihren Papa.«

Lillis anfängliche Euphorie über das Wunschkind, das im Herbst das Licht der Welt erblicken würde, schien verflogen zu sein. Sie war ein einziges heulendes Elend, fühlte sich rundum überfordert und hatte Zweifel, ob sie der Aufgabe überhaupt gewachsen war.

»Wir haben dich groß gekriegt, das war auch eine Herausforderung, du schwierige Tochter, du«, sagte Gontard, »da wirst du das auch hinkriegen.«

Lilli am anderen Ende der Leitung schniefte, musste aber ein bisschen lachen.

»Och, Papa.«

»Und das ist ganz normal, diese Achterbahnfahrt der Gefühle in deiner Situation. Mama hatte das auch.«

»Weiß ich, aber … die Verantwortung.«

»Fabrice ist ja auch noch da. Und wir zwei. Vergiss das nicht.«

Lilli sagte: »Ach, Fabrice hat mir gerade einen Zettel hingeschoben. Er will mit mir in die Mozart-Matinee. *Die Zauberflöte.* Die Franzosen lieben ja den Mozart über alles.«

»Prima, das wird dich aufmuntern. Spätestens bei der Arie: *Erst ein kleiner Papageno, dann eine kleine Papagena.*«

»Stimmt, Papa, du bist der beste Vater der Welt.«

Sie lacht wieder, unsere Tochter«, sagte Gontard zu Anna.

»Was für ein Glück«, erwiderte sie. »Diese blöden Hormone, gegen die sind wir machtlos.«

Gegen Abend erschien plötzlich Ida Geib und entschuldigte sich für die Störung am »heiligen Sonntagabend«.

Ida Geib war das, was die Gontards das wandelnde Tageblättchen nannten. Sie erzählte gerne und viel, auch von Leuten, die den Gontards völlig unbekannt waren.

Sie kam gerade vom Kirchhof. Ach, was sich die Leute alles erzählten.

Die Neugier der Gontards hielt sich in Grenzen, weil sie wieder mit den üblichen banalen Mitteilungen rechneten. Ida Geib begann umständlich, von allerhand Klatsch und Tratsch zu berichten. Sie hatte ihre eigene Art, erst nach einigen Umwegen zum Punkt zu kommen. Nach umständlichen Schilderungen eines Streits unter irgendwelchen Nachbarn wegen einer nicht gestutzten Hecke und Hundekot im Vorgarten platzte sie auf einmal mit einer Neuigkeit heraus, die Gontard fast den Atem stocken ließ.

»Es Wilhelmine Mack is gestorb'.«

Die Besucherin erschrak, als sie die Wirkung dieser Mitteilung auf Gontard bemerkte. Sie sei doch uralt gewesen, die Wilhelmine, da war doch täglich, stündlich mit ihrem Tod zu rechnen gewesen. Und sie sei ja ganz ruhig eingeschlafen, wie es hieß.

Eine Nachbarin hatte die Hebamme tot aufgefunden. Sie hatte sich den ganzen Tag noch nicht im Garten blicken lassen wie sonst doch immer. Dabei habe sie am Abend davor gegen halb neun die Läden zugemacht, relativ munter habe sie noch gewirkt. Nur sei sie beschwerlich gegangen, aber das war normal in dem Alter. Einen Beinwelltee wolle sie sich noch machen und dann ins Bett gehen, das habe sie der Nachbarin gesagt. Und so vor zwei oder drei Stunden war die Nachbarin unruhig geworden. Sie war mit ihrem Mann und ihrem Sohn ins Haus der Hebamme gegangen. Komisch, dass die Tür zum Hintereingang offenstand. Wilhelmine Mack hatte immer sorgfältig alles abgeschlossen. Ihr Leben lang. Und da war sie auf dem Sofa gelegen. Der Hausarzt hatte Herzstillstand durch Altersschwäche festgestellt. Und nun haben sich die Nachbarn um alles gekümmert, was zu machen ist. Es war ja keine Familie mehr da. Alle Macks sind ausgestorben.

»Ja«, sagte Ida Geib, »so will ich auch mal gehen, so friedlich wie es Wilhelmine«.

Sie trank ihren Kaffee zu Ende. Nun müsse sie aber »dapper was koche gehn«. Ob der Herr Gontard noch die nächste Woche in Schwanweiler bleiben wolle?

Sie war erstaunt, dass Anna an seiner Stelle wie aus der Pistole geschossen antwortete: »Todsicher, Frau Geib. Jetzt erst recht.«

»Schauen Sie mal vorbei nächste Woche, Frau Geib, ob mein Mann ohne mich zurechtkommt«, lenkte Anna ab. »Ich muss ja zurück. Die Schule ruft. Und das Haus und der Garten. Und die Haustiere.«

Ida Geib versprach, dem Herrn Gontard ab und zu mal im Haushalt unter die Arme zu greifen. Und ihren berühmten Apfelkuchen würde sie vorbeibringen und ihre rostigen Ritter. Alles Rezepte, die er so liebte.

Kaum war sie gegangen, sahen Anna und Gontard sich ungläubig an.

»Wilhelmine Mack tot. Das werde ich mir nie verzeihen, dass ich nicht früher zu ihr gegangen bin. Nun ist es zu spät.«

Ein unausgesprochenes Fragezeichen stand im Raum.

»Wer weiß, vielleicht ist es ja wirklich so«, versuchte Anna ihren Mann zu beruhigen.

Am Abend rief Manfred Berberich an. Er war völlig aufgedreht und sprudelte nur so vor Mitteilungsdrang: »Ein Supertag, Chef. Der Mainzer FSV hat gewonnen. 2:0 gegen die Stuttgarter Kickers. Und ich war dabei!«

»Ja super, das freut mich. Toll!«

Berberich schilderte nun den Spielverlauf, und Gontard brachte es nicht übers Herz, ihn zu unterbrechen.

Doch dann musste er den Enthusiasmus des Kripochefs dämpfen.

»Wilhelmine Mack ist tot. Die Hebamme. Sanft entschlafen, heißt es im Dorf.«

»Sie klingen nicht gerade überzeugt.«

»Ehrlich gesagt, nein. Ordnen Sie eine Autopsie an. Und eine Hausdurchsuchung. Am besten gleich.« Er berichtete Berberich von dem Tee, den Wilhelmine Mack ihrer Nachbarin gegenüber erwähnt hatte.

»Verstehe, ja ... obwohl. Sie war doch schon uralt.«

»Die beste Tarnung«, sagte Gontard. »Tut mir leid, dass ich Ihnen nun einen Dämpfer gegeben habe. Nach der Freude über Ihren Verein.«

»Schon gut. Sie fahren dann wohl nicht in den Odenwald zurück mit Ihrer Frau?«

Er erwartete keine Antwort, denn er beeilte sich und schloss: »Dann bis morgen früh bei Ihnen, Chef.«

»Tut mir leid, dass Ihre Siegesfeier flachfällt.«

»Egal. Hauptsache, die Mainzer haben gewonnen.«

Bevor Anna nach Hohenkirch heimfuhr, telefonierten die werdenden Großeltern noch einmal mit Lilli.

Einer Tochter, die mit sich und der Welt wieder im Reinen zu sein schien. Sie trällerte vergnügt ins Telefon: »*Erst ein kleiner Papageno. Dann eine kleine Papagena*. Was wollt ihr zuerst, Oma und Opa?«

»Wir nehmen alle lustigen Vögel, die da kommen. Bub oder Mädchen. Egal«, lachte Gontard und legte auf.

23. KAPITEL

Trost

Ich wollte sie nur trösten. Trösten ist Christenpflicht.

Ich streifte durch das Wäldchen, ziellos. Es wurde schnell dunkel.

In der Senke mit den Birken sah ich schemenhaft eine Gestalt kauern. Merkwürdige Laute wie von einem wunden Tier drangen an mein Ohr. Beim Näherkommen entdeckte ich eine menschliche Gestalt, die wie von Krämpfen geschüttelt wurde. Es war sie, die schluchzend unter einer der Birken saß. Sie wiegte sich vor und zurück, wimmerte wie ein kleines Kind. Ich kam näher, sprach beruhigend auf sie ein, die zunächst erschrak, es dann aber geschehen ließ, dass ich mich neben ihr im Gras niederließ.

»Ich kenne deinen Kummer«, sagte ich. »Ich kann dir helfen. Vielleicht kann ich wiedergutmachen, was er dir angetan hat.«

Ich streichelte ihr Haar, nahm ihre Hände, doch sie wehrte ab. Sie stieß mich von sich, stand auf und rannte davon.

Ich folgte ihr, holte sie ein, versuchte, sie an mich zu ziehen.

»Ich hasse dich«, schrie sie mir ins Gesicht. »Mehr noch als ihn. Und ich liebe nur Johannes.«

Ich wollte sie nur trösten, doch dann …

24. KAPITEL

Wildkräuter

Die Kripo ging mit der heimlichen Autopsie von Wilhelmine Mack sehr vorsichtig um. Nach einem diskreten Gespräch des Kripochefs mit dem Bürgermeister, einem stillen und verschwiegenen Mann, wurde beschlossen, dass die Gemeinde die Bestattungsformalitäten übernehmen würde. Die Nachbarn der Toten waren erleichtert, dass man ihnen diese Arbeit aus der Hand nahm. Der Bürgermeister versicherte der Polizei, es sei in diesem Fall eine Ehrensache für die Gemeinde, sich um das Begräbnis einer Frau zu kümmern, die über vier Jahrzehnte lang so viele Schwanweilerer Erdenbürger gesund ans Licht der Welt befördert hatte.

In der Küche von Wilhelmine Mack war eine Tasse sichergestellt worden und eine Teekanne, die beide, obwohl abgespült, Reste von Aconitin zeigten. Die gleiche Substanz fand Dr. von Lehmdorff in der Leiche. »Blauer Eisenhut«, sagte er kurz und bündig. »Die Pflanze ist die Königin unter den toxischen Kräutern. Wolfswurz. Aconitum napellum.«

»Wirkt so rasch wie Schießpulver, hat das nicht Shakespeare schon gesagt in einem seiner Dramen?« Gontard dachte laut und bekam keine Antwort.

»Die Blüten wirken unter Umständen schon innerhalb einer Stunde«, dozierte der Forensiker. »Wenige Milligramm Aconitin je zehn kg Körpergewicht sind tödlich. Vor allem für eine so alte Frau.«

»Sie hat der Nachbarin gesagt, sie wolle sich einen Beinwelltee brauen vorm Schlafengehen.«

»Beinwell sieht ein bisschen aus wie der blaue Eisenhut. Sie hat die Kräuter verwechselt, oder?«, mutmaßte der Gerichtsmediziner.

»Aber sie war eine versierte Kräuterfrau. Und einmal hat sie gesagt, dass sie noch gute Augen hat. Das Türchen zum Hintereingang stand offen. Das war untypisch, wie die Nachbarn ausgesagt haben«, meinte Berberich.

Die beiden Ermittler waren noch einmal zum Haus der Toten gegangen. So als könnten die Wände die Geheimnisse preisgeben, welche die Besitzerin ihnen verweigert hatte, schauten sie noch einmal die Möbel an, die Bilder, die Marmorbüste der Katharina Mack mit dem kindlichen Engelsgesicht.

In der Küche und im Flur hingen säuberlich geordnet, dicht an dicht, viele Kräuter. Majoran, Thymian, Salbei, Kamille und Pfefferminze. Das Übliche.

Darunter auch viele, die Gontard nicht hätte benennen können.

»Und das hier ist Osterluzei«, sagte Berberich. »Das weiß ich von meiner Großtante Pauline, die auch ein bisschen was von einer Kräuterhexe hat.«

»Die mit dem Käsekuchen, den Sie nicht mögen?«

»Ja, genau. Und wenn mir die Großtante genug von der Osterluzei in den Kuchen mischen würde, dann wäre ich auch tot. Irgendwann. Denn die Osterluzei wirkt erst über Wochen und Monate.«

»Unser Täter aber hat nicht so lange warten können. Der hat die schnelle Lösung gebraucht«, sagte Gontard. »Wenn es einen Täter gibt. Wenn es nicht doch eine simple Verwechslung war.«

»Ein alter und ein neuer Mord. Dazu ein alter und ein neuer Unglücksfall. Wie sollen wir das hinkriegen? Der Staatsanwalt wird auch schon ungeduldig. Er hat mir ein Ultimatum gesetzt.« Berberichs Stimme klang mehr als besorgt. Frustriert. Doch dann gab er sich einen Ruck: »Wenn die Not am größten, ist die Hilfe am nächsten, so ähnlich heißt es doch irgendwo? Positiv denken. Das müssen wir.«

»Und ich habe das Gefühl, dass wir ganz nah an der Lösung dran sind«, sagte Gontard. »Ein Fädchen nur, und wenn wir an dem ziehen, geht das ganze Strickwerk von Lügen auf.«

Berberich ließ sich offenbar von dem ungewohnten Optimismus seines ehemaligen Chefs anstecken.

»Jetzt wird es aber Sommer mit aller Macht«, sagte er, und er sog die Düfte im Garten der Wilhelmine Mack ein. Die Rosen standen in voller Blüte, dazwischen die Lavendelbüsche und die vielen Kräuterstauden. Mehrere riesige Jasminsträucher verbreiteten ihren Duft, betäubend und morbide.

»Ob sie alles gewusst hat, die Hebamme?«

»Eine weise Frau, aber nicht allwissend. Wir werden es vielleicht nie erfahren.«

Die beiden Kriminologen schlossen sachte das dunkelgrüne Gartentürchen hinter sich.

Gontard schaute sich noch einmal um. Er genoss noch einmal den harmonischen Anblick der Wege, von Buchs umrahmt, der Stauden, Blumen und Sträucher, der Kräuter und Ziergewächse.

»Das Kätzchen, das weißrote Kätzchen von Wilhelmine Mack«, rief er auf einmal. »Was ist mit dem?«

»Das wohnt jetzt bei uns«, antwortete jemand vom gegenüberliegenden Garten. Die Nachbarin zeigte auf die Gartenbank, wo auf einem hellblauen Kissen die Katze genüsslich in der Sonne lag.

»Gut so«, erwiderte Gontard.

Diese Katzen, dachte er. Lebenskünstler allesamt.

25. KAPITEL

Das Pianospiel

Gontard und Berberich parkten am Bach, der von Pappeln, Erlen und Trauerweiden umsäumt war.

Als sie an der Mauer vorm Haupteingang zur Mühle entlanggingen, an den großen Mühlsteinen vorbei, hörte man von oben her Klänge von Klavierspiel. Gontard erkannte einen verträumten Chopinwalzer, wundervoll gespielt. Der Chopinwalzer brach jäh ab und wurde von einem anderen Stück gefolgt, das nicht verträumt klang, sondern zutiefst melancholisch. Wer spielt da Eric Satie, fragte sich Gontard, doch er kannte die Antwort.

Auch das Satie-Stück wurde abgebrochen, doch nicht freiwillig. Eine verärgerte brummige Männerstimme war zu vernehmen. Immer sind es Stimmen, die aus diesem Gehöft dringen, und immer verbreiten sie eine ungute Atmosphäre, dachte Gontard. Ein Haus voller Zwist und Unfrieden. Und voller Geheimnisse.

Berberich schaute Gontard von der Seite her an.

»Wir haben aber keine richtigen Beweise« sagte er auf einmal. »Nur Vermutungen.«

»Aber das ist bei vielen Fällen so gewesen«, beruhigte ihn Gontard. »Und am Ende ist man doch ans Ziel gekommen. Fast immer.«

Berberich klingelte.

Vor ihm stand Salome, die Tochter des Hauses. Von oben her ertönte die streitbare Stimme des Hausherrn. Eine Frau gab Antwort, entschuldigend.

»Meine Mutter. Die Träumerin.«

Salome lachte verächtlich. Sie tänzelte zur Tür, zog das unvermeidliche Handy aus der Tasche und rief nach oben: »Papa, Besuch für dich.« Auch das klang ironisch. Sie wählte eine Nummer, während sie das Haus verließ. »Tschüs, die Herren.«

Die Tür fiel krachend ins Schloss.

Richard Jungbluth kam polternd die Treppe herab.

»Dieses schwermütige Zeug, das sie immer spielen muss. Das geht mir schon lange auf den Senkel.«

Mit einem verlegenen Lachen und einer weltmännischen Geste gab er den beiden zu verstehen, dass sie in den Salon gehen sollten.

»Ich wüsste nicht, was ich mit Ihnen noch zu bereden hätte«, brummte er und setzte sich demonstrativ in den großen dunklen Gründerzeitsessel, erhaben thronend über den beiden Besuchern, denen er das niedrigere Plüschsofa zum Sitzen angewiesen hatte.

Wie klein er uns halten will, dachte Gontard. Und wie großartig er selbst sich fühlt.

Berberich fragte Jungbluth, wo er am Abend von Samstag auf Sonntag gewesen war.

»Warum müssen Sie das wissen?«

»Weil Sie in dringendem Verdacht stehen, die Hebamme Wilhelmine Mack getötet zu haben. Es gibt Zeugen dafür, dass Sie ein sehr großes Interesse und ein starkes Motiv dafür hatten, sie als wichtige Zeugin aus dem Weg zu räumen.«

»Eine Zeugin wofür?«

»Eine Zeugin dafür, dass Sie der Vater eines unehelichen Kindes von Agnes Ziegler waren, die 1949 ermordet wurde. Das Mädchen war von Ihnen schwanger, und Sie haben es zur Abtreibung des Kindes gezwungen. Außerdem wollte der ermordete Amerikaner Samuel Tyler Sie besuchen. Um Sie zu befragen, was damals mit seiner Tante Agnes wirklich geschehen war. Karl Ziegler, der Vater von Samuel Tyler, war damals freigesprochen worden. Er hatte kein Motiv, dafür aber ein Alibi. Sie hatten ein Motiv. Das der Vertuschung einer Vergewaltigung. Denn Sie haben die Freundin Ihres eigenen Bruders vergewaltigt.«

Berberich hatte selten so lange gesprochen. Die Anschuldigungen fielen wie Hammerschläge auf den Beschuldigten herab.

»Woher wollen Sie wissen, dass ich dieses ... Ding ... ja Ding, dieses Nichts angerührt habe? Ich hätte die ja noch nicht einmal angeguckt. Eine Dienstmagd.«

»Wir wissen es aus sicherer Quelle. Wilhelmine Mack hat es mir persönlich gesagt.« Berberich schaute für den Bruchteil einer Sekunde zu Gontard hinüber, und nur dieser bemerkte das Flehen in seinem Blick. Er hat gelernt, der Kripochef, dachte Gontard. Diesen Trick hat er von mir, glaube ich. Hoffentlich pokert er nicht zu hoch.

»Sie hätte es unter Eid wiederholt, wenn es zu einer Verhandlung gekommen wäre. Was Sie, Herr Jungbluth, vereitelt haben.«

»Das sind haltlose Beschuldigungen. Die Alte war doch schon jenseits von Gut und Böse. Das war doch das Gefasel einer demenzkranken alten Hexe.« Jungbluth hatte sich schnell in Rage geredet und war puterrot im Gesicht. Er rang nach Luft, japsend und fuhr fort: »Und dann der Kerl, der Ami. Auch wenn er angerufen hat, was wollte er nach all den Jahren? Wie hätte er mir schaden können? Und die ... die ... Sie wissen schon. Die hat sich doch jedem an den Hals geworfen. Jedem. Meinem Bruder. Mir. Allen.«

»Da haben Sie eben aber zwei bemerkenswerte Dinge von sich gegeben, Herr Jungbluth«, hakte Berberich ein. »Sie haben doch geleugnet, von Samuel Tyler was zu wissen, und nun geben Sie zu, dass er Sie angerufen hat. Und Sie hatten also doch sexuell mit Agnes Ziegler zu tun gehabt?«

»Wie ich gesagt habe. Sie hat angefangen. Die Hure Babylon. Die Papistin.«

»Wir wissen, dass es nicht so war. Sie hat sich zwei Personen anvertraut. Wir können sie exhumieren lassen. Sie werden sich wundern, was die forensische Medizin mittlerweile alles herausfindet. Die damalige Schlamperei, kurz nach dem Krieg, das ist passé. Und es ist noch genug von ihr übrig. Wir haben einen sehr guten Gerichtsmediziner. Einen der Besten bundesweit.«

Berberichs Übertreibung, wie vorhin seine Notlüge, zeigte Wirkung. Jungbluth sackte in seinem schweren Patriarchensessel zusammen und war nun auf Normalgröße geschrumpft. Er war aschfahl im Gesicht.

»Sie haben uns noch nicht gesagt, wo Sie in der Nacht vom 6. auf den 7. Mai waren. Von Samstag auf Sonntag.«

»Zuhause. Hier. Den ganzen Abend mit meiner Frau zusammen. Den ganzen Abend und die ganze Nacht. Sie verstehen?« Er lachte anzüglich, erhob sich aus seinem Patriarchensessel und brüllte den Namen seiner Frau nach oben.

Sie erschien sofort.

»Du kannst doch beschwören, dass du von Samstag- auf Sonntagnacht mit mir zusammen warst?«

Gerda Jungbluths Gesicht war von Schamesröte überzogen.

»Ja, meine Herren, ich kann bestätigen, was mein Mann ausgesagt hat.«

»Brav, brav«, lobte Jungbluth.

»Wer ist bei Mutter? Ist sie wieder allein?«

»Ich geh schon nach oben«, beeilte sich Gerda Jungbluth zu sagen.

Sie zupfte nervös am Ärmel ihres edlen schwarzen Pullovers.

»Sie spielen ganz wunderbar Klavier«, sagte Gontard.

»Ich wollte mal Konzertpianistin werden, aber dann …«

»Flausen, nichts als Flausen«, höhnte der Hausherr. »Flausen, die nichts einbringen.«

»Wundervolle Flausen, wenn Sie mich fragen.«

Gontard konnte sich die Bemerkung nicht verkneifen.

»Chopin, Satie. Wunderbar, wirklich.«

Gerda Jungbluths dankbarer Blick voller Traurigkeit verfolgte Gontard, als er mit dem Kripochef zum Parkplatz am Bach zurückging.

»Da haben wir noch viel Arbeit vor uns«, sagte Berberich. »Beweisarbeit.«

»Er hat sich in Widersprüche verwickelt, unser Patriarch. Dank Ihrer Zaubertricks.«

»Die der Zauberlehrling einst von seinem Meister abgeguckt hat.«

Gontard schaute sich noch einmal um und nahm oben am Fenster die starre Gestalt einer Frau wahr, die sie beobachtete, wie sie einstiegen. Es war Hedda Jungbluth, in Jägergrün gekleidet. Als sie Gontards Blick nach oben wahrnahm, trat sie zurück. Eine weiße Gardine wurde heruntergelassen.

»Was nun?«, fragte Berberich.

»Sie sollten Agnes Zieglers Leiche exhumieren lassen. Oder das, was davon übrig ist. Und wenn es nur zur Einschüchterung von Richard Jungbluth dient.«

Zur Antwort zuckte der Kripochef die Achseln und seufzte. Dann startete er den Motor. »Ich glaube nicht, dass eine Exhumierung neue Erkenntnisse bringen würde. Nicht nach der langen Zeit. Und der Einschüchterungsversuch ist ja gelungen. Haben Sie bemerkt, wie Jungbluth erschrocken ist?«

Friedrich Gontard nickte stumm. Er schaute sich noch einmal kurz um.

Auf der Treppe vor dem Haupteingang lag der treue Hund Rex und sah den beiden Männern nach, deren Auto langsam das Mühlengelände verließ.

26. KAPITEL

Liebespaare

Gontard verbrachte einen einsamen Abend. Er vermisste Anna. Er vermisste auch die beiden Haustiere. Warum nur war er nicht nach Hohenkirch zurückgefahren? Hier konnte er ja doch nichts ausrichten. Berberich und er waren in eine Sackgasse geraten. Gontard fühlte sich nutzlos. Zuhause wartete sein Hobby auf ihn, seine Gutachtertätigkeit für Antiquitäten.

Anna hatte ihm von einem großen Gemälde berichtet, das jemand vorbeigebracht hatte, damit der Experte Gontard es einschätzte.

»Es sieht gut aus, das Gemälde«, meinte Anna am Telefon. »16. oder 17. Jahrhundert, altmeisterlich gemalt. Etwa 1, 50 x1, 60 m hoch. Es stellt eine biblische Szene dar: Der blinde Isaak segnet seinen zweitgeborenen Sohn Jakob, dem sein älterer Bruder Esau für ein Linsengericht das Erstgeburtsrecht verkauft hat. Der kindliche Jakob hält dem blinden Vater Isaak ein raues Fell hin, damit dieser ihn für den älteren Sohn Esau hält, der behaart ist. Ein interessantes Gemälde. Ich als Kunstlehrerin würde sagen, es ist um 1600 gemalt und keine Fälschung aus späterer Zeit. Aber du bist der Kunstexperte.«

Das Bild konnte warten. Gontard zündete sich ein Zigarillo an und sann vor sich hin. Plötzlich stand er auf, ging auf den Flur hinaus und suchte etwas im Telefonbuch. Er drückte das Zigarillo aus und fuhr in die Franz-von-Sickingen-Straße.

Matthias Völcker war erstaunt, den Herrn Kripochef vor sich zu sehen.

»Herr Völcker, entschuldigen Sie die Störung zu später Stunde, aber ich muss Ihnen noch einige Fragen stellen. Mir ist das eine oder andere durch den Kopf gegangen, nachdem Sie mir von Ihrem Traum erzählt haben. Und von Ihren Beobachtungen damals.«

Wie gut er aussieht, dachte Gontard erneut. Kein Wunder, dass Anna sich schon als Schülerin in ihn verliebt hat. Er muss ein bildhübscher Junge gewesen sein. Schlank, blond, ein kluges, sensibles Gesicht und eine zurückhaltende feine Art. War er Junggeselle? Witwer? Jedenfalls schien dies ein Haushalt ohne Frau zu sein. Sehr ordentlich zwar, aber es fehlte das gewisse Etwas, das ein Haushalt braucht, um richtig gemütlich zu sein. Die Einrichtung war nüchtern und zweckmäßig. Es fehlen Blumen, dachte Gontard. Blumen auf der Fensterbank, Blumen in der Vase.

In einem Bücherregal standen dicke Bände. Ein prüfender Blick genügte. Gontard, der sich immer dafür interessierte, welche Bücher Menschen lasen, war verblüfft. Da gab es Biografien großer Musiker und Musikromane. Franz Werfel: *Verdi. Roman der Oper*. Klaus Mann: *Symphonie Pathétique.*

Daneben riesige Bände und Kladden zum Steuer-und Finanzwesen.

Völcker hatte Gontards Blicke verfolgt und erklärte dem Besucher: »Ich bin Hobbymusiker. Pianist. Das habe ich ja schon gesagt. Und ich war Steuereinnehmer. Bis in die siebziger Jahre. Damals wurde ja leider das Finanzwesen in der Pfalz umstrukturiert. Die Stelle des Steuereinnehmers wurde gestrichen, und ich bin in die Gemeindeverwaltung übergewechselt. Da hängen noch die Auszeichnungen, die ich damals als Einnehmer bekommen habe.«

Er zeigte voller Stolz auf die eingerahmten Urkunden.

»Das Steuereinnehmer-Wesen in der Pfalz, ja, das war ein

Kuriosum«, erinnerte sich Gontard. »Ich hab mich zeitweise ein wenig damit befasst. Seit der Rheinlandbesetzung durch die Franzosen um 1792 und sogar nach dem Sturz Napoleons ist ja die französische Administration beibehalten worden. Und sogar noch, als die Pfalz 1816 unter bayrische Verwaltung kam.«

»Genau. Bei den Franzosen hießen sie *receveur* oder *percepteur*. Die Leute zahlen nicht gerne Steuern, aber wir waren gut angesehen bei den Leuten. Wir hatten ihr Vertrauen und wir haben sie oft in Finanzdingen beraten. Wir Einnehmer waren Respektspersonen in den pfälzischen Dörfern.«

Wieder dieser Stolz.

»Da haben Sie auch Einblicke in die Vermögensverhältnisse der Jungbluths gehabt?«

Die Direktheit der Frage schien Völcker nicht zu schockieren.

»Ja. Und da war nichts Krummes. Falls Sie das meinen. Richard Jungbluth war und ist ein schlauer Verwalter seines Vermögens. Er hat seine Schäfchen im Trockenen. Mir ist aber nichts Unrechtes bekannt. Diesbezüglich kann man ihm wirklich nichts nachsagen.«

Etwas Unausgesprochenes stand im Raum. *There is an elephant in the livingroom*, wie die Engländer sagen, dachte Gontard.

Er hakte aber gleich ein: »Diesbezüglich nicht, aber in anderen Dingen schon?« Während er die Frage stellte, fiel sein Blick auf das Klavier, das ganz nahe, direkt neben der hellbezogenen Couch stand. Auf der Ablage war ein Notenheft aufgeschlagen. Gontard las mit Erstaunen den Namen des Komponisten.

Eric Satie: *Klavierstücke. Sarabandes. Trois nocturnes. Sonnerie de la rose et croix. Deux rêveries nocturnes.*

Er vergaß, Völcker auf die eben gestellte Frage antworten zu lassen. Stattdessen fragte er erneut: »Sie mögen Satie? Er ist sehr, sehr melancholisch. Ich mag ihn übrigens auch sehr. Ich bin auch melancholisch.«

»Ja, da sind wir schon zu zweit. Die Menschen bekennen sich nicht gerne zu ihrer Melancholie. Ich mich schon. Aber es macht einsam. Die Menschen wollen fröhliche Gesichter um sich haben, keine ernsten.«

Er sprang auf.

»Oh, ich bin unhöflich. Darf ich Ihnen einen Wein anbieten? Ich habe einen schönen Riesling da. Sehr trocken. Schade, dass hier keine Weingegend ist. Ich fahre gerne ins Elsass, um mich mit Wein zu versorgen. Oder in die Vorderpfalz. Da gibt es mittlerweile auch sehr anständige Weine. Nicht mehr das pappsüße Zeug von früher.«

»Das ist heute schon das zweite Mal, dass ich mit Satie konfrontiert werde«, sagte Gontard, während Völcker den Riesling einschenkte.

»Das erste Mal war drunten in der Mühle. Gerda Jungbluth spielte Klavier. Satie. Ganz wunderbar.«

Völckers Hand zitterte. Das Weinglas fiel klirrend zu Boden. Er lief in die Küche, um einen Lappen und Handbesen und Schippe zu holen. Er las die Scherben zusammen, wischte den Boden auf.

Gontard war selbst erschrocken über die Wirkung seiner Worte. Da hatte er an etwas Wesentliches gerührt. Zufall? Der Kreis war dabei, sich zu schließen. Er wiederholte seine erste Frage, auf die er noch keine Antwort bekommen hatte. »Herr Völcker, was meinten Sie vorhin, als Sie betonten, die Finanzen betreffend sei Jungbluth nichts nachzusagen? Lassen Sie mich raten, ich glaube, ich kenne die Antwort: Was aber seine Familie betrifft, vor allem, was seine Frau betrifft, ist er alles andere als korrekt.«

»Er ist ein Scheusal. Und Gerda hätte ihn schon längst

verlassen müssen. Wenn sie nicht ... wenn sie nicht ... dieses verdammte Pflichtgefühl hätte, diese Loyalität ihrer Familie gegenüber. Sie ist eine richtige Dulderin.«

»Sie haben ein Verhältnis, Gerda Jungbluth und Sie?«

»Wir kennen uns über die Musik. Und wir lieben uns. Wir haben vor Jahren ganz harmlos gemeinsam musiziert. Aber ihr Mann ist die personifizierte Eifersucht. Er hat mir Hausverbot gegeben. Seine Schwester saß bei den Piano-Soireen immer mit dabei, wie eine Anstandsdame. Auch seine Mutter, bevor sie krank wurde und dement. Irgendwie war die Situation schrecklich grotesk, und ich war fast erleichtert, als diese Soireen unter Polizeibewachung aufhörten.«

»Und sie trafen sich weiterhin heimlich? Treffen sich immer noch heimlich?«

»Es ist schwer bei diesem Ehemann, diesem Ausbund von Eifersucht. Und der Schwägerin, die alles kontrolliert. Aber ja, wir schaffen es immer mal wieder, uns zu treffen.«

»Wann war das letzte Rendezvous, wenn ich fragen darf?«

»Erst jetzt, vom 6. auf den 7. Mai, Samstag auf Sonntag. Gerda hat mich spontan angerufen, dass ihr Mann übers Wochenende bei einem Treffen mit alten Jagdfreunden sei, im Pfälzer Wald. Ich glaube in Trippstadt.«

»Das können Sie beschwören?«

»Aber natürlich. Wir waren in der Nähe von Bad Dürkheim. In Großkarlbach in einem romantischen Hotel. In einer alten Mühle. Ausgerechnet.«

Völcker lächelte, in Erinnerungen versunken.

»Und die Schwägerin? Die hat nichts gemerkt?«

»Gerda hat sich kränklich gestellt, sie wolle nicht gestört werden. Und Halina war eingeweiht. Sie hat uns geholfen.«

»Herr Völcker, würden Sie Gerda Jungbluths Mann zutrauen, einen Menschen umzubringen?«

Die Antwort war ungewöhnlich.

»Ja und nein. Wir sind doch alle irgendwie unberechenbar. Ich bin mir selbst manchmal ein Rätsel. Und da gibt es andere als Richard Jungbluth, denen ich einen Mord zutrauen würde.«

»Sie haben eben, ohne es zu wollen, Jungbluths Alibi erschüttert, nein, was sage ich: zerstört. Er hat nämlich behauptet, er sei zu der besagten Zeit, die Sie mit Gerda zusammen in diesem Romantikhotel verbrachten, mit seiner Frau zusammen gewesen.«

Völcker schaute auf seine Hände hinab, schwieg.

»Und Gerda Jungbluth hat die Aussage ihres Mannes bestätigt.«

»Dieses Monster. Wie er sie beherrscht. Wie er sie erniedrigt. Wie er sie …«

Völcker rang nach Worten.

»Eigentlich bin ich hergekommen«, sagte Gontard, »weil mich eine ganz andere Frage bewegt.«

Der blonde Mann hatte sich gefangen und fragte: »Ja, bitte?«

»Sie hat mit Ihrem Trauma zu tun. Das Erlebnis damals, als Sie ein Kind waren und da unten an der Mühle etwas belauscht haben. Etwas gesehen haben.«

Völcker stützte den Kopf in beide Hände. Eine gequälte Geste. Warum nahm das alles kein Ende?

»Forschen Sie bitte noch mal ganz gründlich in Ihrem Gedächtnis. Sie haben gesagt, Sie hätten damals eine Person gesehen. Eine Person, die aus der Mühle gerannt kam, über den Hof lief. War diese Person ein Mann oder eine Frau?«

Völcker schloss die Augen, legte die Hand an die Stirn. Er befand sich in einem Zustand äußerster Konzentration, schwieg lange. Dann blickte er Gontard ins Gesicht.

»Die Person war, glaube ich, eine Frau.«

»Sie sind sich sicher?«

»Ja, jetzt, wo sie mich so direkt fragen, muss ich sagen: ja. Ich habe damals eine Frau gesehen, die aus der Mühle gerannt kam.«

»Es ist seltsam, Herr Völcker. Man bekommt eine Antwort auf eine Frage und steht vor einem größeren Rätsel als zuvor. Und man stellt eine andere Frage, und plötzlich erhellt sich, wenn nicht alles, so doch einiges. Ich glaube, Sie haben mir sehr geholfen heute Abend. Danke sehr.«

Als Gontard in dieser Nacht träumte, erklang die Melodie der *Deux Rêveries Nocturnes,* die von Anfang bis Ende folgende Szene begleitete: Vier Frauen saßen an einem schwarzen Flügel, auf dem eine schneeweiße Lilie in einer türkisfarbenen fünfziger Jahre-Vase stand.

Die Frauen sahen sehr unterschiedlich aus. Eine hatte rote Locken und war gekleidet wie die Frauen kurz nach dem Krieg. Mit einem knieumspielten Rock, einem Stricksweater mit kleinen Schulterpolstern und einem Turban wie eine Trümmerfrau und Schuhen mit Blockabsätzen. Die zweite Frau legte den Arm um die Rothaarige und herzte sie. Sie trug eine strenge Frisur, hatte herbe Gesichtszüge und war sehr bieder gekleidet. Die dritte Frau, die an einem Klavier saß, war ganz in ihren Vortrag versunken. Eine Perlenkette zierte ihren schwarzen Pullover. Die vierte Frau, ebenso kindlich anzusehen wie die Rothaarige, breitete auf einmal weit die Arme aus, und der Träumende bemerkte, dass ihr riesige Engelsflügel wuchsen, mit deren Hilfe sie sich in die Lüfte schwang.

Der Träumer schwebte zusammen mit der Engelsfrau nach oben. Ein Blick zurück, und da standen, die Augen zum Himmel empor gerichtet, vier Männer.

Einer trug die Uniform der Soldaten des Ersten Weltkriegs, doch in den Händen hielt er kein Gewehr, sondern einen

Bildhauermeißel. Ein anderer, puterrot im Gesicht, schrie dem entschwindenden Engel einen Fluch nach. Ein blonder Mann schaute nach unten auf den Boden, die Arme wie in Hilflosigkeit lose hängend. Und ein vierter schrie: »Helft mir doch. So helft mir doch.«

Gontard schrie mit dem Schreienden mit und erwachte in Schweiß gebadet. In dieser Nacht fand er für lange Zeit keinen Schlaf mehr. Er hörte jeden Viertelstundenschlag der nahen Turmuhr. In den frühen Morgenstunden übermannte ihn die Erschöpfung, und er schlief ein.

Die Turmuhr schlug viermal und dann die neun vollen Stunden, als er aufwachte. Er war wie gerädert. Der Tag beginnt ja gut, dachte er. Verschlafen.

Durchs Fenster schien eine helle Maisonne, und er wälzte sich aus dem Bett.

Beim Frühstück fiel ihm sein Traum der vergangenen Nacht ein.

Vier Männer, vier Frauen, dachte er. Fehlt da nicht jemand? Ach ja, die schwarzlockige Kindfrau mit dem schicken Handy, die hätte sich doch gut gemacht in seinem Traum.

Und wo war der Mann, mit dem alles doch begonnen hatte? Der Tote von der Engelsstatue?

Den habe ich irgendwie vergessen, dachte Gontard. Als habe es ihn nie gegeben.

27. KAPITEL

Das Alibi

»Richard Jungbluths Alibi ist keins, und nun wird es eng für ihn. Und auch seine Ehefrau hat gelogen. Unter Druck, wie es scheint. Sie hat das Alibi ihres Mannes bestätigt und sich damit selbst eins gegeben.«

Berberich verstand nicht ganz. Gontard hatte seine Mattigkeit abgeschüttelt und berichtete nun dem Kripochef am Telefon über das Gespräch mit Matthias Völcker. Berberich würde in einer Stunde in Schwanweiler sein, um Richard Jungbluth und seine Frau nochmals zu befragen. Die Befragung würde nicht nur für den Ehemann peinlich werden.

»Es gibt noch eine interessante Nachricht«, sagte Berberich. »Die Waffe, mit der Samuel Tyler erstochen wurde, war mit großer Wahrscheinlichkeit eine Art Jagdmesser.«

»Passt doch«, antwortete Gontard lakonisch. »Die Nachricht kommt zur rechten Zeit.«

Als er aufgelegt hatte, fiel ihm ein, dass er nichts davon erwähnt hatte, dass die Person in Matthias Völckers wiederkehrenden Alpträumen eine Frau war. Sollte er noch mal anrufen? Nein. Der Kripochef war bestimmt schon unterwegs.

Sie wollten sich in einer Stunde unten an der Mühle treffen. Gontard wartete nun schon seit geraumer Zeit. Berberich war vielleicht in einen Stau auf der A6 geraten. Vielleicht wäre so ein Handy in dieser Situation nicht ganz unpraktisch, sinnierte Gontard, während er im Auto wartete und sich ein Zigarillo genehmigte.

An einem der Fenster des oberen Stockwerks wurde eine

Gardine beiseitegeschoben. Hedda Jungbluth machte dem Wartenden ein Zeichen, als wolle sie ihn herbeiwinken. Er stieg aus und näherte sich dem Gebäude.

»Ich habe Ihnen was zu sagen. Schnell, kommen Sie hoch, bevor die anderen vom Einkaufen zurück sind.«

Berberich würde seinen Wagen sehen, und vielleicht war es nur eine kurze Mitteilung, die Hedda Jungbluth ihm zu machen hatte.

»Ganz oben im dritten Stock, letzte Tür links«, rief sie.

An Hirschgeweihen und anderen Jagdtrophäen vorbei erreichte Gontard den oberen Stock. Hedda Jungbluth stand in der Tür und bat ihn, Platz zu nehmen. Das Zimmer war eine verkleinerte Replik des Salons, ebenfalls ausgestattet mit schweren, düsteren Gründerzeitmöbeln. An den Wänden hingen neben den in diesem Haus wohl unvermeidlichen Geweihen mehrere fromme Bilder. Drucke und Miniaturen aus dem Leben Luthers, eine ganze Bildabfolge der verschiedenen Stationen im Leben des Reformators war dicht an dicht gehängt: Luther als Augustinermönch. Luther als Junker Jörg auf der Wartburg. Luther, der das Tintenfass nach dem Teufel wirft. Luther als Familienvater, betend inmitten seiner Kinderschar mit seiner Frau Katharina von Bora. Luther, wie er die 95 Thesen an die Schlosskirche zu Wittenberg schlägt. Luther auf dem Reichstag zu Worms: *Widerrufen kann und will ich nicht.* Luther auf dem Sterbebett.

Hedda Jungbluth musterte den Mann, der schnaufend vom Treppensteigen in einem Sessel mit schwarzem Ledersitz Platz nahm, aus ihren strengen Augen.

»Nun ist es bald aus mit der Hurerei«, platzte es aus ihr heraus.

Gontard tat verblüfft.

»Die Duckmäuserin, sie hat einen Liebhaber. Ich weiß es genau, und ich weiß auch von ihrem Liebesausflug vergangenes

Wochenende. Vielleicht sollten Sie da mal ansetzen. Wer einen Ehebruch zu verbergen hat, der hat auch noch ganz andere Dinge verheimlicht. Ich hab ihm ja immer gesagt, dass er nicht zu nachsichtig sein soll. Mit der Träumerin. Aber mein Bruder hat nie auf mich gehört.«

Ob sie an der Tür gehorcht hat, als wir gestern hier waren? Aber nein, das wäre unlogisch. Denn eben hat sie das Alibi ihres Bruders als Lüge entlarvt, ohne es zu wissen, dachte Gontard.

Hedda Jungbluths Augen verengten sich, und sie zischelte: »Und nun hat er den Dank für seine Milde.«

Gontard musste sich beherrschen, ihr nicht scharf zu antworten. Ein Auto fuhr vor.

»Mein Gott, die beiden sind vom Einkaufen zurück«, rief Hedda Jungbluth erschrocken. »Sie dürfen nicht wissen, dass Sie bei mir hier oben waren. Rasch, gehen Sie die Treppe runter und zum Hintereingang in den kleinen Garten vor der Küche. Ich zeige Ihnen schnell den Weg.«

Gontard kam an dem verwilderten Garten an und sah durch einen Zwischenraum von Mühle und Wohnhaus, dass auch Manfred Berberich gerade ankam. Er bahnte sich den Weg durch Brennnesseln und allerhand Unkraut, und nachdem er sich vergewissert hatte, dass das Ehepaar Jungbluth im Haus verschwunden war, ging er schnell auf den Kripochef zu.

»Ein Stau bei Enkenbach. Ärgerlich«, entschuldigte sich Berberich. Gontard hatte gerade noch Zeit, ihm von Hedda Jungbluths unverhoffter Mitteilung zu berichten, was mit einem Kopfschütteln kommentiert wurde.

»Diese Leute sind mir ein Rätsel.«

Die Jungbluths waren erstaunt, die beiden Kriminologen schon wieder anzutreffen.

Richard Jungbluths Gesicht war von Zornesröte überzogen,

und seine Frau nestelte nervös am Ärmel ihres Pullovers. Der Hund lag seinem Herrn zu Füßen, schaute ergeben zu ihm auf. Besänftigt legte Jungbluth seine Hand auf den Kopf des Tiers, streichelte ihm gedankenverloren das Fell.

Gerda Jungbluth wurde ganz blass, als der Kripochef den Namen Matthias Völcker nannte. Es war unvermeidlich, den Namen des Zeugen preiszugeben, und Berberich entschuldigte sich für die notwendige Indiskretion.

Gerda Jungbluth holte tief Luft, bevor es aus ihr heraussprudelte: »Ach nein, entschuldigen Sie sich nicht. Es musste so kommen. Ich bin froh und erleichtert. Die Heuchelei hat jetzt ein Ende. Besser ein Ende mit Schrecken als ein Schrecken ohne Ende. Wir lieben uns, Matthias und ich.«

»Schamlos. Schamlos«, schrie Jungbluth seine Frau an. »Hure Babylon.« Er lief mit großen Schritten im Raum auf und ab. »Ich war auf meiner Jagdhütte im Pfälzer Wald. Ja. Und sie war mit ihrem Liebhaber, dem jämmerlichen Gemeindetrottel und Klavierklimperer, im Bett.«

»Sie waren keineswegs in Ihrer Jagdhütte im Pfälzer Wald«, konterte Berberich. »Sie waren auch nicht, wie Sie ursprünglich behauptet haben, bei Ihrer Frau daheim, das wissen wir ja nun. Das mit der Jagdhütte haben wir schon abgeklärt.«

Oh, dachte Gontard, ob er nun nicht zu weit geht mit seinem Pokerspiel, mein ehemaliger Lehrling?

Auch diesmal tat der Trick seine Wirkung. Jungbluth schien um Jahre gealtert. Er saß zusammengesunken in seinem Patriarchensessel und hielt den Kopf in beiden Händen verborgen.

»Wir haben übrigens, verzeihen Sie bitte, Frau Jungbluth, die Aussage, dass Sie in der Nacht vom 6. zum 7. Mai nicht hier waren, gleich doppelt bestätigt bekommen.«

»Wer ...?« Gerda blickte erschrocken auf. Wieder fielen Gontard ihre feinen Gesichtszüge auf. Sie passen zusammen,

Matthias Völcker und sie. Welche Verirrung, einen Mann wie Richard Jungbluth geheiratet zu haben. Und bei ihm zu bleiben. Bis dass der Tod euch scheidet.

»Wer? Ihre Schwägerin«, sagte Berberich.

Während Gerda Jungbluth nichts anderes erwartet zu haben schien, war ihr Mann außer sich vor Wut. »Blut ist dicker als Wasser, sagt man, aber diese ... diese ... Schwester. Ich finde keine Worte. Sie fällt mir in den Rücken. Macht mich zum Lügner. Zum Hampelmann.«

»Hätte sie lieber schweigen sollen? Wie immer? Zu allem schweigen? All die Leichen im Keller der ehrenwerten Familie Jungbluth. Einmal musste es so kommen.«

Gerda Jungbluth hatte wohl noch nie so deutliche Worte gesprochen. Voller Selbstbewusstsein. So spricht eine Frau, die ihren Mann schon verlassen hat, dachte Gontard.

»Welche Leichen im Keller meinen Sie?«, fragte Gontard. »Meinen Sie damit auch Johannes Jungbluth?«

Sie schwieg.

Jungbluth sprang empört auf: »Jetzt wollen Sie mir auch noch anhängen, dass der Trottel damals so unglücklich gestolpert ist? Ein Unglück war es. Das passiert in Mühlen. Es gibt eine Statistik. Die vielen Gefahrenquellen in unserem Beruf.«

»Ich verlasse dich, Richard. Vierundzwanzig Jahre zu spät.« Das war alles, was Gerda Jungbluth sagte.

Ruhig stand sie auf, verließ erhobenen Hauptes den Salon, dessen stickige Luft sie ein Vierteljahrhundert lang hatte einatmen müssen. Der rote staubige Samtvorhang bewegte sich leicht im Luftzug, der durch den Raum wehte, als Gerda Jungbluth energisch die Tür hinter sich schloss.

»So tun Sie doch was. Sie sind die Gesetzeshüter. Sie können eine Ehebrecherin doch nicht einfach so ziehen lassen«, stammelte der Hausherr.

»Gegen Ihre Frau besteht kein Verdacht. Sie hatte kein Motiv, jemand zu ermorden. Höchstens Sie, ihren Peiniger. Aber Sie leben ja.«

Das war aber nun heftig, dachte Gontard.

Berberich holte zu einem weiteren Keulenschlag aus: »Sie stehen in dringendem Verdacht, sowohl Samuel Tyler als auch Wilhelmine Mack umgebracht zu haben. Den Amerikaner, weil er einen Mord aufdecken wollte, die Hebamme, weil sie Geheimnisträgerin war. Sie wusste, dass Sie Agnes Ziegler auf dem Gewissen hatten.«

»Und Johannes? Ihn doch auch? Das haben Sie doch angedeutet vorhin? Ihre Beschuldigungen sind haltlos. Für alles können Sie mich nicht verantwortlich machen. Ich bin doch kein Massenmörder.«

»Wir kommen wieder, Herr Jungbluth.«

Sie gingen durch den düsteren Flur, in dem der Staub hing. Gerda Jungbluth kam mit einem kleinen Koffer die Treppe herab.

»Ich brauche nur das Nötigste. Alles Weitere wird sich finden.«

»Ich wünsche Ihnen viel Glück«, sagte Gontard.

»Und ich gratuliere Ihnen zu Ihrer Entscheidung«, schloss sich der Kripochef an.

Als die beiden Männer zu ihren Autos gingen, grinste Berberich: »Nun überprüfen meine Leute erst mal das mit der Jagdhütte in Trippstadt. Und ich komme dann später bei Ihnen vorbei?«

»Ja, ich bin daheim. Ich habe Anna versprochen, mit dem Aufräumen und Entrümpeln weiterzumachen.«

Anneliese Thürwächter wollte sich schon zum Weggehen schicken, als Gontard am Bungalow eintraf.

»Es tut mir leid, schon wieder zu stören, aber ich hab was

gefunden beim Aufräumen, das Sie vielleicht interessieren könnte«, sagte sie. »Ein Foto.«

»Es ist die Zeit des Aufräumens, wie es aussieht, ich wollte das auch gerade tun hier im Haus. Dann kommen Sie mal rein. Sie haben mich wirklich neugierig gemacht.«

28. KAPITEL

Das Foto

Die beiden sprachen zunächst vom plötzlichen Tod Wilhelmine Macks.

»Ich bin froh, dass sie sanft eingeschlafen ist«, sagte Anneliese Thürwächter. »Ich war besorgt, wie Sie wissen.«

»Ja, sie war sehr alt. Da musste mit ihrem Tod gerechnet werden.«

Da ist zum Glück noch nichts durchgesickert bis zu den Dorfbewohnern, dachte Gontard. Und ich will der Polizei nicht in den Rücken fallen. Wenn Berberich es für besser hält, dass alle an einen natürlichen Tod glauben, dann werde ich jetzt auch nichts sagen.

»Sie wollten mir ein Foto zeigen, Frau Thürwächter?«

»Ich habe sehr viel nachgedacht über Vergangenes in den letzten Tagen«, begann sie. »Und ich habe in Fotoalben geblättert. Von Agnes habe ich ja kaum Fotos. Man hat damals noch nicht so viel fotografiert direkt nach dem Krieg. Da hatten wir ganz andere Sorgen. Aber ein Foto ist mir aufgefallen. Eines der letzten, die sie mir gegeben hat.«

Es war ein koloriertes Gruppenfoto, und es zeigte die gesamte Familie Jungbluth mit allen Angestellten. In der Mitte thronte das patriarchalische Paar Elias und Philippina Jungbluth. Beide mussten damals erst Mitte vierzig gewesen sein, doch die strengen Gesichtszüge, die Starrheit der Haltung und die altmodische Kleidung des Ehepaars ließ die beiden um zwanzig Jahre älter erscheinen. Sie hätten besser ins 19. als ins 20. Jahrhundert gepasst. Die Müllerburschen und die Gesellen und die weiblichen Hilfskräfte waren um die stolzen Mühlenbesitzer gruppiert. Agnes stach hervor mit üppiger rotblonder Lockenpracht. Eine Schönheit, die alle anderen Frauen und Mädchen auf dem Foto ausstach. Dicht hinter Agnes stand ein großgewachsener dunkelhaariger junger Mann, sehr gut aussehend, mit dunklen Augen. Johannes Jungbluth. Er blickte nach unten zu Agnes hin, den Kopf leicht geneigt. Man spürte förmlich, dass er das Mädchen, das vor ihm stand, gerne umarmt hätte. Rechts von Johannes ein kleiner untersetzter junger Mann mit hellbraunem Haar. Erst auf den zweiten Blick erkannte Gontard in ihm den jüngeren der Jungbluth-Brüder, Richard. Auch er blickte zu Agnes hin. Ein merkwürdiger Ausdruck, ein Gemisch aus Begierde und Hass, lag um seinen Mund, in seinen leicht hervorquellenden blauen Augen. Rechts neben Johannes stand eine junge Frau, deren herbe Gesichtszüge und biedere Aufmachung verrieten, dass es sich um die Schwester von Johannes und Richard handelte.

Nein, dachte Gontard. Das kann doch nicht wahr sein. Er schaute noch einmal hin, als habe er sich getäuscht. Er hielt das Foto dicht an seine Augen. Fotos lügen nicht, sagt man. Auch Hedda Jungbluths Blick war auf Agnes gerichtet. Ihr Blick sagte, dass sie dieses Mädchen begehrte.

»Ja, mir ist es genauso gegangen, als ich das Foto angeschaut habe. Ich bin zu Tode erschrocken«, sagte Anneliese Thürwächter, die Gontards Blick gefolgt war. »Und mir ist das eine oder andere eingefallen, das ich damals, als Agnes es mir gesagt hat, ja gar nicht verstanden habe.«

»Und das wäre, Frau Thürwächter?«

»Nun ja, sie hat mir einmal gesagt, die Tochter des Hauses sei ihr irgendwie unheimlich, sie habe das Gefühl, sie schnüffle ihr immer hinterher. Sie verfolge sie auf Schritt und Tritt, beobachte sie. Und einmal hat Agnes gesagt: »Die Hedda lässt keine

Gelegenheit aus, mich anzufassen. Ich versteh das nicht.« Ich hab es auch nicht verstanden. Man hat doch damals nichts gewusst von solchen Dingen. Wir, vor allem wir Mädchen, waren ja so dumm, was ... was ... Sie sehen, ich stottere schon, weil ich so verklemmt erzogen bin ...«

»Ja, dumm, was die Sexualität betraf, das waren wir«, sagte Gontard. »Wie schrecklich für die Männer und Frauen, die sich damals verstecken mussten, ihre Neigungen nicht ausleben durften. Vor allem auf dem Dorf. In den Städten war das schon anders.«

»Schrecklich, ja, und Sie sollten wissen, dass Ihr Schwiegervater, der Pfarrer, glaube ich ... etwas geahnt hat von Hedda Jungbluths Neigung.«

»Nein. Sagen Sie das noch mal, Frau Thürwächter. Das glaube ich jetzt wirklich nicht.«

»Doch. Sie dürfen, Sie müssen es mir glauben. Ihr Schwiegervater hatte wohl ab und zu mit dem Müller zu tun. Bei einem seiner Besuche muss sich der Müller Ihrem Schwiegervater anvertraut haben, was seine Tochter betraf. Agnes hat zufällig ein Gespräch mitbekommen, worin der Müller den Pfarrer um seelsorgerischen Rat gebeten hat, was seine Tochter anbetraf. Sie wolle sich nicht verheiraten, sie sei störrisch. Sie sei so anders als andere Mädchen. Gerne auf der Jagd. Wolle nichts wissen von Männern. Agnes hat sich aber nicht weiter was gedacht dabei. Wie ich ja schon gesagt habe, wir waren dumm. Das Gespräch, das sie mitangehört hat, fand kurz vor ihrer Ermordung statt.«

»Und warum haben Sie mir das alles nicht schon vor ein paar Tagen gesagt, Frau Thürwächter?«

»Verdrängt. Unsere Generation war im Verdrängen doch groß, oder?«

»Das ist wahr. Sie trinken noch einen Tee mit mir mit? Ich habe einen schönen Lyons Tea da. Direkt aus England.«

»Nein, danke. Die Gartenarbeit wartet auf mich. Ich hoffe, ich habe Ihnen helfen können.«

»Zuerst mal muss ich verarbeiten, was Sie mir da gesagt haben. Mein Kollege wird es heute Abend erfahren. Leben Sie wohl. Ach, das Foto darf ich vorläufig behalten?«

»Ja, natürlich.« Wie beiläufig sagte sie: »Und Wilhelmine Mack ist vielleicht keines natürlichen Todes gestorben? Sie brauchen nicht zu antworten.«

»Genau wissen wir es noch nicht, aber immerhin kann man Ihnen nichts vormachen, Frau Thürwächter.«

Sie lächelte nur.

Als die Besucherin gegangen war, zog es Gontard ins hintere Zimmer. Er würde nun sein Versprechen wahrmachen und Annas Entrümpelungsarbeit fortsetzen. Unruhig ging er im Zimmer hin und her und versuchte, das Gespräch mit Anneliese Thürwächter auszublenden. Es wäre noch Zeit, darüber nachzudenken, wenn der Kripochef später erscheinen würde.

Er blieb vor den Kisten mit den Dokumenten stehen, die Anna aufgestapelt und ordentlich beschriftet hatte. 1975 bis 1980. 1985 bis 1990. Die Tagebücher waren nach Jahren sortiert worden. Die viel belächelten Alltagsaufzeichnungen von Annas Mutter, die akribisch festgehaltenen Ereignisse, von der Überprüfung der Heizanlage bis zum Besuch der Enkelin Lilli. Vom Marmeladekochen bis zu den Todesfällen im Dorf. Alles hatte sie festgehalten. Gontards Blick fiel auf ein Päckchen, das mit Tesaband fest zugeklebt war. Nach kurzem Zögern entschloss er sich, alle Skrupel über Bord zu werfen. Er würde Anna alles erklären, sich entschuldigen für diesen Frevel, diese Schnüffelei. Er holte eine Schere aus der Küche und schnitt das Tesaband entzwei. Ein Schulheft kam zum Vorschein, das Annas Mutter als Tagebuch gedient hatte wie all die anderen Hefte auch.

Die Jahre 1947 bis 1949 stand auf dem Etikett des Tagebuchs in der unverkennbar säuberlichen Handschrift von Annas Mutter.

Lange las Gontard darin, bis er fündig wurde. Auch hier zunächst harmlose Begebenheiten, lustige Episoden aus Annas Kindheit, die damals in die Volksschule gegangen war. Kindermund und Kinderkrankheiten. Besuche von Verwandten und Kochrezepte. Haushaltsausgaben und Neuanschaffungen. All diese Mitteilungen hätten doch ein solch festes Zukleben nicht erforderlich gemacht. Das Klebeband war wohl kaum von Anna angebracht worden, es sah alt und schmuddelig aus.

Der Lesende wollte das Tagebuch schon resigniert aus der Hand legen, als ihm das Wort »Mühle« ins Auge stach.

Es war ein Tagebucheintrag vom 12. Februar 1949.

Ernst ist heute völlig durcheinander von der Mühle heimgekommen.

Ich hab gemerkt, daß ihn was bedrückt, aber er wollte nicht mit mir reden. Am Abend, als Anna ins Bett gebracht war, hat er sich mir anvertraut. Er hat Presbyter Jungbluth beruhigt, der ihn um Rat gebeten hat wegen seiner Tochter. Hedda sei anders als andere Mädchen, hat er gesagt, sie wolle nichts von Männern wissen, und vielleicht würde ein Gespräch mit einem Geistlichen ihr helfen, ihr Seelenheil nicht zu gefährden, so hat er sich ausgedrückt. Ernst hat ihm aber zugeredet: In diesen modernen Zeiten müsse man liberaler denken, in jeder Hinsicht. Aber das muß Elias Jungbluth in Harnisch gebracht haben. »Ich hätte mir ja denken können, daß Sie alles dulden, alles verzeihen. Da hätte ich den Bock zum Gärtner gemacht, wenn Sie ein seelsorgerisches Gespräch mit Hedda geführt hätten.« So ähnlich hat er sich geäußert. Nun hat Ernst es sich endgültig verscherzt bei dem überfrommen Jungbluths.

Hier brach der Eintrag ab.

Es folgten wieder Berichte alltäglicher Sorgen und Nöte. Abschürfungen von Annas Knien bei einem Sturz von der Schaukel. Arztbesuche.

Dann der Eintrag vom 3. März 1949.

Etwas Schreckliches ist geschehen. Ein Mord in unserer friedlichen Gemeinde. Das Dienstmädchen der Jungbluths, Agnes Ziegler, ist erwürgt im Wald gefunden worden. Die Polizei hat den Bruder, Karl, festgenommen. Ernst sagt, daß er nicht glaubt, daß er der Täter ist. Und dann hat er eine komische Bemerkung gemacht. »Der Kreis schließt sich. Als hätte ich es geahnt.« Ich wollte wissen, wie er das gemeint hat, aber diesmal hat er geschwiegen. Er hat aber noch gesagt: »Bin ich froh, daß das Mädchen katholisch war und daß ich es nicht beerdigen muß. Da muß ich nicht heucheln.«

Am 10. August 1949 stand zu lesen, dass der Fall Agnes Ziegler abgeschlossen war. Ein unlösbarer Fall. Der Bruder war wieder freigekommen. Er war unschuldig. Die Leute glaubten fest, dass es ein herumstreunender Fremder gewesen war, der das Mädchen erwürgt hatte.

Gontard seufzte tief.

Die Eintragung vom 17. August 1949 musste er zweimal lesen, bevor er sie glauben konnte.

Ernst hat einen Brief an den Kirchenrat in Speyer geschrieben mit einem Versetzungsersuch. Er will Schwanweiler verlassen. Mir hat er gesagt, daß er nicht mehr in einem Dorf als Seelsorger arbeiten kann, in dem ein Mörder frei herumläuft. Er hat angedeutet, daß der Mörder aus einer der »besseren Familien« der Gemeinde stammt, wie er vermutet. Ich habe nur »Jungbluth« gesagt und er hat genickt. »Ich will dich und Anna nicht in Gefahr bringen. Darum will ich die Pfarrei wechseln.«

Es folgten Berichte über den Umzug nach Thalkirchen. Und Begebenheiten aus der neuen Gemeinde, die Gontard nur überflog. Schwanweiler mit seinen Geheimnissen schien nun endgültig abgehakt zu sein.

Gegen 19 Uhr erschien Berberich zum Abendessen. Der Kripochef erfuhr viel Neues. Er studierte das Foto und die Tagebucheintragungen.

»Man wird nicht erfreut sein, uns morgen schon wieder in der Mühle zu sehen. Mit Beweisen und weiteren Fragen«, sagte er.

Er strich über das Tagebuch: »Die Mathematik der Liebe hat seltsame Formeln. A, B und C lieben oder begehren D. D liebt A. Und B ermordet D. Aus Angst? Aus Hass? Hass und Angst sind schlimme Waffen.«

»Und die Liebe nicht zu vergessen. *Es ist kein schlimm'rer Engel als die Liebe*«, sagte Gontard.

»Goethe oder Schiller?«, rätselte Berberich.

»Nein. Ein Größerer als beide zusammen. William Shakespeare. Das Zitat stammt aus *Love's Labour's Lost. Vergebliche Liebesmüh.*«

Berberich schaute den ehemaligen Chef verwundert an, und dieser beeilte sich zu sagen: »Meine Frau Anna hat mich zum bekennenden Shakespeare-Fan gemacht. Eine unheilbare Sucht.«

29. KAPITEL

Kein schlimm'rer Engel

Eine Frau Ende fünfzig, blond, etwas pummelig, mit freundlichem Gesicht, öffnete den beiden Kriminologen die Tür, nachdem sie mehrmals vergeblich geläutet hatten.

»Herr Jungbluth heute krank«, sagte sie in gebrochenem Deutsch und mit unverkennbar polnischem Akzent.

»Seine Frau nicht da«, fügte sie leise hinzu. »Weg.«

»Wir wissen das schon. Sie müssen Halina sein, die sich um Frau Jungbluth Senior kümmert?«

»Ja, Frau Philippina viel alt und viel krank«, sagte sie, indem sie die beiden Männer ängstlich musterte.

Sie befürchtet, dass wir sie als illegale Arbeitskraft anzeigen und verhaften, dachte Gontard, darum sagte er schnell: »Wir kommen nicht wegen Ihnen. Können wir vielleicht doch mit Herrn Jungbluth reden? Nur ganz kurz?«

»Oh, Herr Jungbluth zornig. Immer viel zornig. Zornig mit mir.«

Sie deutete auf das Jagdmesser, das im Flur neben der Garderobe hing.

»Böse auf mich, weil Messer weggenommen. Aber ich nicht weggenommen.«

»Wer hat das Messer weggenommen?«

»Frau Hedda, ich sehen wie wieder hinhängen. Viele Wochen her.«

»War das an Ostern?« Berberich ließ nicht locker.

»Ja, Ostern. Schönes Fest in Polen. Nicht so schönes Fest hier.«

»Sie haben Heimweh nach Polen, Halina?«, fragte Gontard.

»Viel Heimweh. Schlechtes Haus hier. Nicht gute Leute. Nur Frau Gerda, aber Frau Gerda weg.«

Von oben kam eine klagende Stimme, und Halina sagte: »Frau Philippina rufen. Muss helfen.«

Sie klopfte am Salon an und kündigte zwei Herren an, die gekommen waren. Sie eilte die Treppe hinauf.

Eine unwirsche Stimme ertönte aus dem Salon: »Ich will niemanden sehen und hören.«

Doch die beiden Ermittler waren schon eingetreten.

Jungbluth schien noch einmal um Jahre gealtert zu sein seit dem Vortag. Er lag auf dem Sofa und war in eine karierte Wolldecke eingehüllt. Sein Kopf war ungesund rot.

Bevor die beiden Männer den Salon betraten, nahm Berberich den Hirschfänger von der Wand im Flur und verstaute ihn im Innenfutter seines Anoraks. Man hörte Schritte, die von oben kamen, und kurz darauf betrat Hedda Jungbluth den Raum.

Gontard und Berberich tauschten verwunderte Blicke.

»Das trifft sich gut, dass wir mit Ihnen beiden gleichzeitig sprechen können«, ergriff der Kripochef das Wort. »Wir machen nun einen gemeinsamen Ausflug in die Geschichte. Mein früherer Chef, Herr Gontard, ist darin besser als ich Jungspund«, fügte er kurz hinzu und überließ somit Gontard das Feld.

»Da war ein junges Mädchen in Diensten der Familie Jungbluth. Und es war ein sehr begehrtes Mädchen. Ihr Bruder Johannes hatte das Herz von Agnes Ziegler erobert, aber für Sie beide war das schöne Mädchen auch ein Objekt der Begierde.«

»Wie: für uns beide?«, zischte Hedda.

»Wie ich bereits sagte: für Sie und Ihren Bruder Richard. Die Vermutung Ihres Vaters war doch richtig, oder? Er hat es dem Pfarrer anvertraut. Meinem Schwiegervater. Dafür gibt es schriftliche Belege. Und eine Aussage. Ich will Sie nicht moralisch verurteilen. Kein bisschen, das müssen Sie mir glauben. Heutzutage dürfen wir unsere Sexualität ausleben, wenigstens in den meisten Fällen. Damals war das anders. Da musste man sich verstellen und verstecken.«

Hedda Jungbluth war sprachlos.

Dann brach es aus ihr heraus: »So viel Leid. Die ganze Pein. Nicht sein dürfen, wer man ist und was man ist. Und die Gewissenslast vor Gott. Ja, ich habe sie geliebt und begehrt wie kein Wesen davor und danach. Dann hat er alles kaputt gemacht. Er.«

Sie zeigte auf ihren Bruder. »Ich hab es gesehen. In der Mühle drin, zwischen den Mehlsäcken. Die Vergewaltigung. Ich wollte ihn anzeigen, aber er hat ja gewusst, dass ich …«

Jungbluth hatte die Decke abgeschüttelt und sich mittlerweile erhoben.

»Ja, und du warst in meiner Hand. Mein Wissen für dein Wissen. Auge um Auge, Zahn um Zahn.«

»Und du hast sie geschwängert. Sie zur Abtreibung gezwungen. Und dann getötet. Aus Angst.«

»Ich habe sie nicht getötet. Du hast keine Beweise, hast nichts gesehen.«

»Aber die andere Szene, nur wenige Jahre später. In der Mühle. Das hab ich gesehen. Den Streit. Du hast ihn gestoßen. In den laufenden Treibriemen hineingestoßen.«

»Du lügst. Er ist gestolpert, gefallen. Ich wollte ihn nicht töten«, schrie Jungbluth.

Seine Schwester hielt sich die Ohren zu: »Ich wollte ihm noch helfen, aber du hast mir gedroht. Allen würdest du erzählen, was für eine ich bin. Das ganze Dorf würde davon erfahren. Und alle in der Gegend. Ich bin über den Hof gerannt. Die Schreie. Ich höre sie immer noch!«

Sie schrie lauter und lauter. Ein Damm war gebrochen. All die angestauten Gefühle entluden sich mit voller Wucht. »Bis zum Jüngsten Gericht werden mich seine Schreie verfolgen!«

Berberich löste Gontard ab, denn nun war er zuständig.

»Und dann kam viele Jahre später dieser Mann, ein Fremder, und er wollte zurück zu den Wurzeln. An alte, längst verjährte Familiengeschichten wollte er ran. Ein naiver, ein einfacher Mann, der ein oder zwei Versprechen einlösen wollte. Er hat Namen auf einen Zettel geschrieben. Unvorsichtigerweise rief er an. Und Sie mussten handeln, Herr Jungbluth.«

»Nein, nein, es war nicht so, wie Sie glauben … es war …«

Jungbluth brach mitten im Satz ab, fasste sich ans Herz, glitt fast im Zeitlupentempo zu Boden.

Die Tür ging wie von selbst auf. Ein wuscheliges Etwas stürzte sich jaulend auf den Mann, der leblos auf dem Teppich lag, stupste ihn mit der Schnauze, immer wieder. Hedda Jungbluth eilte in den Flur, zum Telefon, rief den Hausarzt. Die Ereignisse überschlugen sich. Richard Jungbluth wurde ins nächste Krankenhaus gebracht. Der treue Hund Rex rannte wie besessen dem Ambulanzwagen hinterher, kam nach einer Weile mit hängenden Ohren zurück und war nicht vom Hoftor wegzubewegen. Sein jammervolles Heulen verfolgte Gontard noch stundenlang. Das Klagen des Hundes kam ihm vor wie eine Anklage.

Am frühen Abend kam die Nachricht, dass Richard Jungbluth verstorben sei. Der Tote wurde ins gerichtsmedizinische Institut überführt.

30. KAPITEL

Frühaufsteher

»Der Hirschfänger ist eindeutig die Waffe, durch welche Samuel Tyler zu Tode gekommen ist. Die Reste von Blut stammen von ihm. Hedda Jungbluths Fingerabdrücke haben wir auch sichergestellt. Halina hat richtig beobachtet. Sie hat die Tatwaffe zurückgehängt.«

»Die aufmerksame Halina sollten wir aber noch mal befragen. Am besten über die Ereignisse am Karfreitag und danach.«

Das hätten wir schon längst tun müssen, dachte Gontard.

Halina öffnete auch diesmal die Haustür.

»So ein Unglück, so ein Unglück.«

Sie weinte, vielleicht weniger wegen des tyrannischen gnädigen Herrn, der nun tot war, als wegen der Tatsache, dass nun auch ihre Welt in Scherben lag.

»Frau Philippina nicht wissen, dass …«

Demenz hat etwas Gnädiges, dachte Gontard.

Berberich begann ohne Umschweife: »Wir möchten gerne mit Ihnen reden, Halina. Wir haben Fragen zum Karfreitag. Und zu Ostern. Was wissen Sie über Herrn Jungbluth diesbezüglich?«

Sie verstand das Wort »diesbezüglich« nicht, und Berberich stellte seine Frage neu.

»Was hat er gemacht an diesen Tagen? Wann ist er aufgestanden am Karfreitag?«

»Herr Jungbluth immer lange schlafen morgens. Karfreitag auch. Genau wissen, weil Donnerstagabend Arzt kommen. Herr Jungbluth krank.«

»Und Frau Hedda?«
»Oh, sie Gegenteil von Bruder. Immer ganz früh aufstehen. Immer. Karfreitag auch. Spazierengehen. Trotz viel Regen. 6 Uhr weg, 8 Uhr wieder zurück. Sie nicht wollen frühstücken. Nass wie Hund, der in Bach gesprungen. Gleich nach oben.«
»Und wann war das mit dem Messer?«
»Schon gesagt. Sonntag. Ostern.«
»Ja, liebe Halina, da haben Sie uns sehr geholfen. Vielen Dank.«
Erfreut über das Lob nahm sie aus ihrer Schürzentasche ein kleines gerahmtes Foto und zeigte es stolz den beiden Männern.
Ein hübsches kleines Mädchen, ganz in Weiß gekleidet, mit einem Kränzchen aus weißen Kunstrosen auf dem dunklen Haar, lächelte die beiden Männer an. Sie trug eine große weiße Kerze in der Hand. »Enkelkind Lydia. Bei Kommunion.«
»Ein so hübsches Enkelkind. Sie müssen stolz auf es sein«, sagte Gontard. »Meine Frau und ich bekommen auch bald ein Enkelkind«, fügte er hinzu.
Halina strahlte: »Enkelkinder viel Freude machen.«
Sie steckte das Foto ein und sagte: »Ich machen Sorgen wegen Frau Hedda. Heute wieder ganz früh weg. Spazieren. Vielleicht in Wald. Nicht zurück. Auto da.«
Die beiden Männer gingen in Schweigen versunken über den Hof.
Es gab nichts zu sagen.
»Ich war noch nie in der Mühle drin. Komisch eigentlich«, unterbrach Gontard die Stille.
Er stieß das schwere Tor auf. Überall der Geruch von Mehlstaub. Dunkel war es hier drinnen. Gontard meinte, jeden Moment einen Schrei zu hören.
Es herrschte Totenstille. Berberich stieß einen Fluch aus,

denn er hatte sich an einem Mühlstein angestoßen, der auf dem Lehmboden herumlag.

Durch eine kleine Dachluke ganz oben schien ein heller Sonnenstrahl. Ein Quietschen wie von einem Haken war zu hören, nur für einen kurzen Moment. Dann wieder diese Stille.

Gontard sah die derben biederen Schuhe zuerst. Dann richtete er den Blick nach oben zu einem der großen Balken, beschienen vom Sonnenlicht. Widerwillig schaute er hoch, denn er wollte nicht wahrhaben, was ihn da erwartete. Die Frau da oben am Balken schien sich über die beiden Männer lustig zu machen, denen sie ein Schnippchen geschlagen hatte. Sie streckte ihnen die Zunge heraus.

Gontard wendete sich ab, aber Berberich starrte lange ungläubig zu der Leiche empor.

Die beiden Männer verließen stumm die stille, staubige Mühle.

Welch ein verschwendetes Leben, dachte Gontard. Eingeengt zwischen Bigotterie und der selbstauferlegten Pflicht, eine Neigung nicht auszuleben. Welch kümmerliches Leben ohne Erfüllung.

31. KAPITEL

Ein Brief für Gontard

In der Trachtenjoppe der Toten fanden die Leute von der Spurensicherung einen grünen Krokogeldbeutel, einen Hotelschlüssel mit der Nummer 12 und einen Brief, der an Gontard gerichtet war.

Sehr geehrter Herr Gontard, Sie haben einen kleinen Einblick bekommen in meine Seelennot?

Die viele Schuld, die ich nicht mehr tragen konnte. Mein Bruder Johannes, dem ich nicht zu Hilfe kam. Aus Feigheit und schlechtem Gewissen. Dann der Fremde, den ich am Abend vor Karfreitag sah, als er in den Gasthof ging. Er hatte Tage davor angerufen, Richard war am Telefon.

Richard hatte Angst, dass da einer kommt, der in der Vergangenheit herumstöbert. Doch ich hatte noch mehr Angst, denn ich habe Agnes getötet, nicht Richard. Er wäre gar nicht in der Lage dazu gewesen. Er war schon als Kind ein Weichling. Ich war immer die Stärkere von uns beiden.

Ich bin Agnes zufällig im Wald begegnet. Doch was ist Zufall? Sie hat mich zurückgewiesen, mich verachtet. Sie war so zierlich, ich so stark. Ich habe sie zwingen wollen, mich zu lieben.

Dann der Anruf nach all den Jahren, der Fremde. Ich habe ihn vorm Gasthof gesehen: Haare wie sie, Gesichtszüge wie sie. Er hatte sogar ihren Gang, ihre Gesten. Agnes war zurückgekehrt in der Gestalt dieses Mannes, der ihr Neffe war. Richard traute ich alles zu, auch dass er mich ans Messer liefert. Ich habe dem Fremden aufgelauert und bin ihm gefolgt. Der Regen hat alles leichter gemacht.

Der Hebamme bin ich im Wald begegnet, sie war beim Kräutersammeln. Sie hat gesagt, dass nun bald alles herauskäme von früher, auch mein Geheimnis.

Ich bin zu ihr gegangen in der Nacht vom Samstag auf Sonntag. Gerda war mit ihrem Galan zusammen in diesem Romantikhotel, und mein Bruder hat ihr hinterherspioniert. Er war nicht in der Jagdhütte.

Die Hintertür zum Haus der Hebamme war angelehnt. Ja, ich war mit der Absicht gekommen, sie zum Schweigen zu bringen. Aber das Schicksal ist mir zuvorgekommen. Die Alte lag auf dem Steinfußboden in ihrer Küche inmitten von Erbrochenem. Sie war tot.

Da waren eine Tasse und eine Teekanne, ein Bündel Kräuter. Ich kannte das Kraut. Es war der blaue Eisenhut. Sie musste die Kräuter verwechselt haben.

Ich habe mich in all den Jahren immer wieder gefragt, warum ich Agnes getötet habe. Es geschah nicht aus verletztem Stolz über die Zurückweisung.

Wenn ich Agnes nicht haben konnte, sollte sie niemand haben. Und am allerwenigsten ein Mann. Ich war wie befreit, doch im Lauf der Zeit nahm mein Schuldbewusstsein überhand.

Und nun tauchte plötzlich – nach all den Jahren – meine Schuld in Gestalt des Mannes auf, der Agnes auf unheimliche Weise glich. Ich meinte, sein Tod würde mich von der Last befreien, doch ich hatte mich abermals getäuscht.

Sie verstehen die menschlichen Abgründe, Herr Gontard. Sie werden mich weniger verurteilen als die anderen, denn Sie kennen nun meine Seelenpein, die nicht geringer war als meine Schuld.

Gott sei meiner armen Seele gnädig.

32. KAPITEL

Isaak segnet Jakob

»Du hast es beinahe richtig eingeschätzt, das Bild«, sagte Gontard zu Anna.

Er war schon wieder eine Weile zuhause in Hohenkirch und stand vor dem Gemälde, von dem Anna gesprochen hatte und das darauf wartete, vom Gutachter Gontard eingeschätzt zu werden.

Isaak segnet seinen Sohn Jakob. Jakob, den Erbschleicher. Jakob, den Betrüger.

»Warum beinahe?«, wollte Anna wissen.

»Weil das Gemälde zwar meisterlich gemalt, aber leider eine Kopie ist. Um 1800 gemalt. Die meisterliche Kopie eines Originalgemäldes, das aus dem 17. Jahrhundert stammt.«

»Ganz schön raffiniert, die Rahel auf dem Bild, die ihrem alten blinden Mann den jüngsten Sohn zuführt, damit er ihm anstelle des rechtmäßigen Erben Esau, des erstgeborenen Sohnes, seinen Segen gibt.«

»Feindliche Brüder. Ein uraltes Thema. Was wohl die Eltern der feindlichen Brüder Johannes und Richard gewusst haben? Haben Philippina und Elias Jungbluth auch ihren Segen gegeben zu diesem und jenem Geheimnis? Und haben sie um der Familienehre willen geschwiegen? Entschuldige, aber ich komme so schnell nicht von dem Fall los.«

Draußen am Briefkasten wurde die Post eingeworfen.

»Nur Rechnungen und Reklame«, seufzte Anna, als sie mit einem Bündel von Briefen zurückkam. Sie ging zum Papierkorb, um die Werbung zu entsorgen, und sie stutzte.

»Ach, da ist eine Einladung für uns. Aus der Kulturmühle in Großkarlbach bei Bad Dürkheim.«

Mit der edel gestalteten Karte gaben sich Gerda Jungbluth und Matthias Völcker die Ehre, das Ehepaar Gontard zu einem Klavierkonzertabend einzuladen.

Auf dem Programm standen Werke von Chopin, Mendelssohn, Tschaikowsky und Satie.

»Ja, wie es scheint, werden die beiden ihren Traum verwirklichen. Bei unserem letzten Gespräch haben sie davon gesprochen, eine alte Mühle zu erwerben, in der Konzerte und sonstige kulturelle Veranstaltungen stattfinden«, sagte Gontard.

»Eine der sieben Mühlen im Dorf Großkarlbach. Ausgerechnet eine Mühle.«

»Wann ist das Konzert?«, fragte Anna Gontard.

»Am letzten Septemberwochenende erst. Es ist eine Samstagsmatinee.«

»Da machen wir einen schönen Ausflug. Zuerst zum Konzert und dann zu Lilli und Fabrice nach Courcelles.«

»Und wir helfen beim Einrichten des Kinderzimmers, Oma Anna?«

»Ich weiß etwas, was du nicht weißt. Lilli hat mir anvertraut, dass unser erstes Enkelkind ein Junge wird.«

»Oh, hoffentlich kriegt er einen schönen Namen.«

»Auch da bin ich eingeweiht. Keine Angst, sie wollen den Kleinen nicht Friedrich nennen.«

»Sondern?«

»Frédéric.«

Gontard nahm Anna in die Arme und küsste sie.

* * *

Lilo Beil

Lilo Beil wurde im südpfälzischen Klingenmünster geboren. Die Pfarrerstochter verbrachte Kindheit und Jugend in Dielkirchen bei Rockenhausen und in Winden bei Landau. Ab 1966 studierte sie in Heidelberg Romanistik und Anglistik. Sie unterrichtete von 1972 bis Januar 2008 an der Martin-Luther-Schule in Rimbach bei Heppenheim an der Bergstraße. Die Autorin hat drei erwachsene Töchter und lebt mit Mann und Hund im vorderen Odenwald.

Seit frühester Jugend interessierte sich Lilo Beil für Literatur und Kunst. Ihr liegt, sagt sie, das Satirische, aber es finden sich in ihren Geschichten genauso romantische und nostalgische Elemente, Spannungsmomente und die kritische Auseinandersetzung mit Geschichte und Gesellschaft. Gelobt wird außerdem immer wieder die klare, sorgfältige Sprache.

1997 erschien »Maikäfersommer – Eine Pfälzer Kindheit in den 50er Jahren« im Verlag Pfälzer Kunst/Dr. Blinn. Weitere Erfolge wie die Aufnahme ihrer Kurzgeschichte »Der Nussknacker« in eine Anthologie des Rowohlt-Verlages ermutigten Lilo Beil. 1999 veröffentlichte sie unter dem Titel »Sonnenblumenreise« Geschichten für Reisende und Nichtreisende; 2002 folgte der Krimiband »Heute kein Spaziergang. 43 Krimigeschichten«. 2005 erschien ihre Geschichtensammlung »Schattenzeit«. 2006 folgte eine zweite Ausgabe »Maikäfersommer und andere Geschichten aus Pfalz und Kurpfalz« in der Edition Tintenfaß. 2010 erschien die erweiterte Taschenbuchausgabe »Maikäfersommer – Kindheitsgeschichten« im Conte Verlag. Kommissar Gontard ermittelte erstmals 2007 in »Gottes Mühlen«, 2008 und 2009 folgten »Das Licht unterm Scheffel« und »Die schlafenden Hunde«, 2011 »Die Nacht der grauen Katzen«, 2012 »Die Mauern des Schweigens« und 2014 »Das gläserne Glück. 2010 erschien der Non-Gontard »Die Kinder im Brunnen« und 2013 »Mord auf vier Pfoten – 22 tierische Krimigeschichten«. Im Übrigen beteiligt sich Lilo Beil an zahlreichen Anthologien mit Kurzprosa – Krimis und Nicht-Krimis gleichermaßen. So ist sie in mittlerweile dreizehn Anthologien des Wellhöfer Verlages vertreten.

Folgende Bücher, Schriften und Ausstellungen waren hilfreich für mich:

- Feldpost des Bildhauers Oskar Kneller, des Cousins meiner Großmutter Elsa Knapp, geb. Kneller. 1916 im 1. Weltkrieg an der Somme gefallen
- *Grabreden für schwierige Fälle,* Leipzig 1898. Druck und Verlag von Fr. Richter
- *Aus tiefer Not– Kriegsandachten von Dr. Fritz Huber.* Evangelischer Verlag Heidelberg 1915
- *Offenbarungen des Krieges– Zwölf Predigten.* Göttingen 1915
- Die Ausstellung *Im Banne der Verwüstung (Max Slevogt und der Erste Weltkrieg),* Schloss Villa Ludwigshöhe Edenkoben 13. April - 13. Juli 2014
- Der Artikel über den Bildhauer Rembrandt Bugatti (1885-1916) in der *Weltkunst*/Frühjahr 2014 von Lisa Zeitz und die Ausstellung in der Alten Nationalgalerie in Berlin
- *Hier hat man ein viel besseres Leben wie in Deutschland – Briefe pfälzischer Auswanderer aus Nordamerika (1733-1899),* Hrsg. Roland Paul, Institut für Pfälzische Geschichte und Volkskunde, Kaiserslautern 2008
- *Die Heilige Schrift,* Pfälzer Bibelverein Kaiserslautern, 1941
- *Pfälzisch in aller Welt,* Mundartverein Kaiserslautern. Ausgewählt von Günter Speyer
- Klaus Bernarding, *Lothringer Passagen 2,* Conte Verlag 2009

Ferner danke ich dem Toxikologen Dr. Eric Fabian und der Wildkräuterexpertin Brigitta Schilk für nützliche Hinweise und Manfred Bierbauer für Informationen zum FSV Mainz.

Lilo Beil
Die schlafenden Hunde
Kommissar Gontards dritter Fall

194 Seiten
ISBN 978-3-936950-87-8
9,90 €

Ein Kriminalroman, den man schon nach den ersten Zeilen nur noch schwer aus der Hand legen kann.
Weinheimer Nachrichten / Odenwälder Zeitung

Lilo Beil
Die Nacht der grauen Katzen
Kommissar Gontards vierter Fall

202 Seiten
ISBN 978-3-941657-28-1
11,90 €

Die Autorin wagt, was viele umgehen oder verharmlosen: die direkte Auseinandersetzung mit den Täterinnen und Tätern der Nazizeit.
Neue Wetzlarer Zeitung

Lilo Beils Krimis im Conte Verlag

Lilo Beil
Die Mauern des Schweigens
Kommissar Gontards fünfter Fall

210 Seiten
ISBN 978-3-941657-60-1
11,90 €

»Trotz des hohen Unterhaltungswerts steht die Botschaft des Buches deutlich im Raum. Geschieht Unrecht, gilt es, ›Die Mauern des Schweigens‹ zu durchbrechen.« Die Rheinpfalz

Lilo Beil
Die Kinder im Brunnen

204 Seiten
ISBN 978-3-941657-10-6
11,90 €

Dieser packende und bis zum Schluss spannende Krimi geht unter die Haut.
Marburger Neue Zeitung

Lilo Beils Krimis im Conte Verlag

Lilo Beil
Das gläserne Glück

252 Seiten
ISBN 978-3-95602-012-4
11,90 €

Lilo Beil
Mord auf vier Pfoten

218 Seiten
ISBN 978-3-941657-88-5
11,90 €